七菜子春秋

鷲谷七菜子作品集

塩野てるみ編

文學の森

楳茂都流の舞台に立つ鷺谷七菜子先生

幼い頃愛用の羽子板

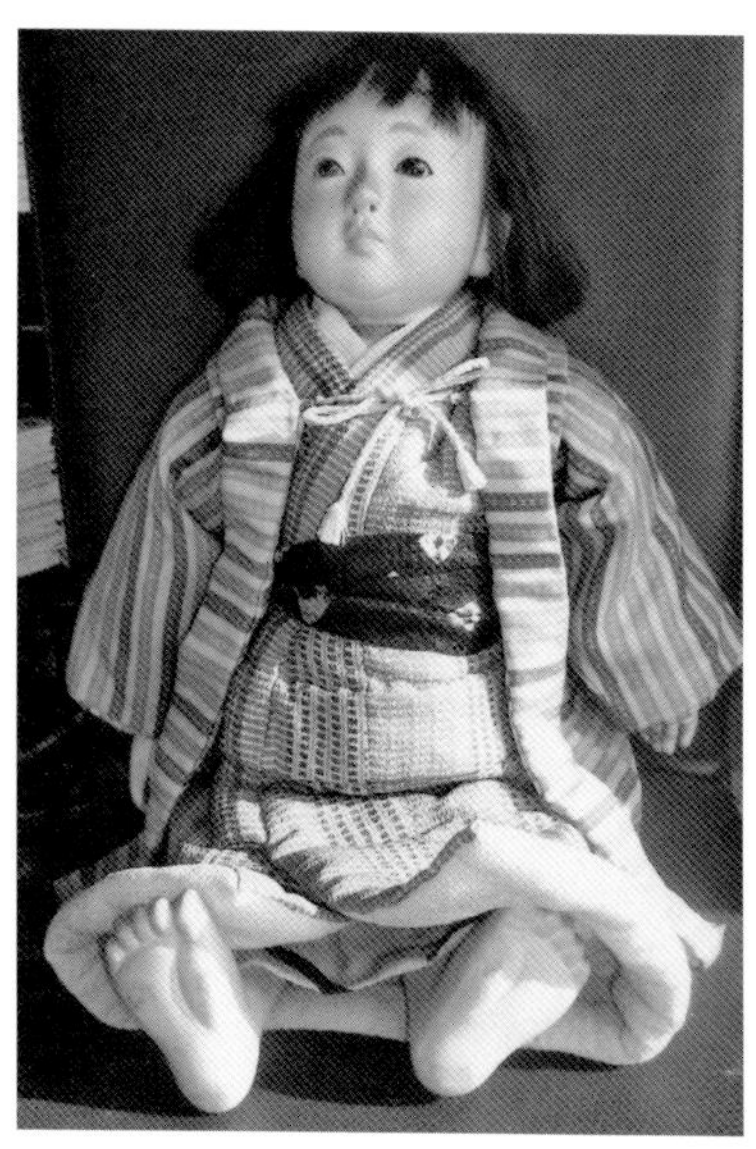

大切にしていた市松人形

昭和５年法妙寺稚児祭　最前列右から２番目が７歳の鷲谷七菜子先生

序

村上鞆彦

塩野てるみさんより久しぶりに電話をいただいた。故・鷲谷七菜子先生の俳句や随筆や講演録を一冊にまとめて出版したいという相談だった。私にそれを制止する理由はない。むしろ、大変に結構なことである。ぜひ進めてください、と私は答えた。それから出版に関わる事務的なことや近況などを話して電話を切ったが、鷲谷先生へ寄せる塩野さんの真っ直ぐな思いに久しぶりに触れることができて、しばらくの間、清々しい快さで心が満たされていた。

塩野さんはかつて〈海に尽く一村冬菜濃かりけり〉の一句に目を開かれ、鷲谷先生に師事することを決めたという。

私も〈滝となる前のしづけさ藤映す〉の一句に魅せられ、鷲谷先生に師事することを決めた。俳句において、師をどうやって選ぶかにはいくつかの方途がある。そのなかで塩野さんも私も、まず作品に惹かれてという最もオーソドックスな選択をした。私が以前より塩野さんに親近感を抱いてきたのも、それが理由である。年齢の違いはあるが、七菜子門下の同志として信頼を寄せてきた。

塩野さんの鷲谷先生への傾倒ぶりは、本書の「はじめに」に明らかである。遠距離をものともせず、句会に出席するために毎月大阪に出向くなど、なかなかできることではない。また鷲谷先生の私生活における雑事を手伝うなど、塩野さんは心をこめて先生に尽くされた。先生が千里山のマンションを処分し、終の栖と定めたケアハウスに移られる折も、塩野さんが側にいたことが先生にとってどれほど心強かったかと思う。先生は断筆後の余生をこのケアハウスで静かに送られたが、塩野さんは定期的にそこに通い、先生の話し相手になっていたと聞く。

本書に「古九谷」という随筆が収められている。その冒頭に、「讃岐の若い友人」という言葉が出てくる。きっとこれは塩野さんのことと思う。この鷲谷先生の親し気な呼びかけを見るにつけても、先生が塩野さんに寄せていた信頼の程が窺える。

そして、このたびの『七菜子春秋』の出版である。師恩に報いようとする塩野さんの厚い心は、見事としか言いようがない。

一方の私は、鷲谷先生が断筆された後は、ついに一度もお目にかかる折を持たなかった。久し振りにお顔を拝見したのは、先生のお通夜の席であった。会いに行こうと思えば行けたはずであったのに、と今となっては心残りである。

そんな不肖の弟子である私だが、塩野さんを見習って何か師恩に報いるためのことができるかどうかを考えてみたとき、やはり行きつくのは、今務めている「南風」主宰としての仕事を、非力ながら精一杯やるということである。主宰としてどうあるべきかについて鷲谷先生が語った言葉もこの本にはいくつか出てくる。鷲谷先生も試行錯誤を繰り返しつつ「南風」を引っ張ってこられたのである。

「結社は生きていなければならない」、これは「南風」が五〇〇号を迎えたときの鷲谷先生の言葉である。生きているとはつまり、今「南風」に集う人たちそれぞれが自分の思うところを大事にした俳句を作りつつ、世代を越えて研鑽を深め合えるということだろう。これはなかなか簡単なことではないが、常に理想として追求していかなければならないことである。今は「南風」を離れた塩野さんも、「南風」の行く末は気にかけておられることだろう。そのお気持ちに応えるためにも、より一層力を尽くして私は「南風」のために働きたいと思う。

さて、この序を書くにあたり、この本の校正刷りにざっと目を通してみたが、久しぶりに鷲谷先生の穏やかながら芯に力のあるお声に接したようで、背筋が正される思いに打たれた。また、師として信頼する人の膝下に安んじていたときのかつての感覚を思い出した。今も鷲谷先生を慕う人は多い。この本を読めば、皆きっと私と同じ感想を持つことと思う。

また、この本が今まで鷲谷七菜子を知らなかった人たちに、その人と作品の魅力を知らせるきっかけになれば嬉しいことである。古典的な美意識を独自に昇華させた艶麗かつ静謐な俳句の魅力はもちろん、関西の歴史と風土性の息づいた情緒豊かな随筆、自問を繰り返しながらストイックに俳句を突き詰めていこうとする高い精神性に裏打ちされた俳論、この一冊を読めば鷲谷七菜子の魅力に存分に触れてもらえることは間違いない。

『七菜子春秋』が真摯に俳句を志す人にひとりでも多く読まれることを願ってやまない。

令和三年四月吉日

はじめに

或る日随筆集『咲く花散る花』（著者鷲谷七菜子）を読み、ものすごい感動を覚えました。日本文化、歴史、俳句へと眼を大きく開かされた著者にどうしてもお会いしたく、三十二歳の時鷲谷七菜子先生にお会いしました。いつもニコニコとしてもの静かな人で、私は観音様と出会ったようでした。

その時、その時をひたむきに真摯に俳句一筋に生きてこられました七菜子先生の、俳句、随筆、講演等を含む作品の一部を纏めさせていただきました。

欅の会

私は二十五歳の時主人と商売をはじめ、三人の男の子にめぐまれ、商売も順調でしたが自分の人生で何か忘れものをしているようでした。

そんな時に、書店でふと手にした昭和五十三年四月号の「俳句とエッセイ」で、第二回現代俳句女流賞を受賞された鷲谷七菜子先生を知りました。〈海に尽く一村冬菜濃かりけり〉の句に目の前に一枚の絵が見えてその光景から強烈な明るさを感じました。たった五七五のことばでこんなにくっきりと景色がうかび、生きかわり死にかわりしている人々まで目にうかぶようでした。

私ははじめて俳句に惹かれ、先生の『現代俳句入門』を読んで俳句を作ってみたいと思いました。そして随筆集『咲く花散る花』の、京都を中心とした風土・風物の把握の美しさ、歴史への造詣の深さに驚き何かちがう世界が見えてきました。

瀬戸大橋が開通してから私は大阪の先生の俳句教室「欅の会」へ月に一度通いはじめました。先生が句会に現れる時は、いつも早足ですずやかな一陣の風を連れて来るようでした。常に背筋をしゃんと伸ばし凛とされている姿の先生のお話はいつも新鮮で、常々おっしゃられました「心を耕しなさい」のことばが今も心に残っています。私は心を耕すこととは自分を豊かにし、人生をいかに生きるべきかを考えていることだと思いました。

私は六十五歳の時に若い甥の死にあいました。人生は短いと思い知らされ、ライフワークである福祉事業に本気で乗り出せたのは、このことばがいつも胸にあったからだと思います。残りの人生もこのことばに引っ張られて、しっかりと生きたいと思っています。

ある時の句会で先生は石田波郷について話され、「波郷は伝統俳句の最後の鐘を鳴らす、と言われましたが、私は伝統俳句の花を咲かせたい」と言われました。中世の思想家にも深い関心をもたれ、逆境の時も俳句に真剣に立ち向かわれ次々に随筆集と七冊の句集を刊行され、「現代俳句女流賞」「俳人協会賞」「蛇笏賞」を受賞されました。

自由、自在にして深い幽玄世界を創造し、高い次元の美を思想に高められ、八十四歳（断筆宣言）までを俳句一筋に歩まれ、鷲谷家（上方舞楳茂都流）の芸術家の血脈の最後のひとりとして先生が望んでおられた古典の大輪の花を咲かせました。

私は最近読んだ空海の本の中で、「山の中で禅定にふけるという意識が空海にあり、人界を離れた山の中で静かに自然の声を聞き自然と一体になること、そこに偉大な密教の行がある」と書かれた一文と、先生がいつも「自然の声を聞き自然と一体になる」と言われていたことばが同じであることにハッとしました。

先生は随筆集の「百日紅」の中で「俳句によって現実の一木一草に触れ、自然の相を観じ、巨大な宇宙のエネルギーを知るようになった。そして仏とはこのエネルギーをいうのだと思った。自然を身体を通して知り、真理への扉を一つ一つ開いて行きたいと思った。そのこころは結局、行であり、求道ではないか、わたくしはやはり俳句を通して仏を求めているのだと知った。そしてはじめて仏を信じるこころが生れてきたのである」と書かれています。

他にも、自分の俳句形成の過程を考えると、深く影響をうけたのは道元と世阿弥であり、尊敬と親しみをもっているのは芭蕉と最澄だともおっしゃっています。早くから仏教に関心をもたれていたようです。

先生は六十歳を過ぎてから、二十四時間食べず眠らずの比叡山での回峯行に挑戦し、そののち菩提寺法妙寺の住職のお誘いで「逆修法号得度」により法号（游影院妙花日寂信女）をうけられています。在家のままでもいいから、せめて死ぬまでには仏に仕えて過ごす日々がほしい、そんな思いがくすぶりつづけておられた先生の願いが叶えられたようでした。先生は俳句を通じて仏を求められ、人生、俳句、哲学、宗教をあざなえる縄のごとくひとつにされたのです。

先生が「虚空がそのまま心になっているような大きさを持った俳句をめざしたい」と考えられていたことと、空海の「虚空蔵求聞持法（こくうぞうぐもんじほう）」や、先祖鷲谷正蔵（先生から四代前）と昵懇だった大塩平八郎の「太虚論（たいきょろん）」、平八郎を師と仰いだ多度津藩の陽明学者林良斎のことなどが私の胸中によぎっているのです。

鷲谷家の人々

先生は八十四歳の時、「己の俳句の質の降下が許せない」と急に断筆を表明されました。生きる証しとしての作品の完璧を、もとめ続けられた俳句人生の終い方としてその潔さには驚きました。

先生がお住まいをケアハウスに移される時、父楳茂都陸平の研究家桑原和美氏（就実大学学長）と一緒に家の整理をさせていただきました。たくさんの骨董品、書画と祖父扇性と父陸平の絵筆における高い芸術性に瞠目させられました。大阪歴史博物館の御協力で楳茂都流の資料や絵画等保存していただくことができました。

移られた新しい部屋にはお父様の大きな写真や仏像も飾られ、お父様の舞踊のビデオを見たりしてゆっくり過ごされ、時々机に向かわれて文章を書かれていました。

体調の良い日は外出をお誘いして出掛けました。大阪市東区（現・中央区）博労町の生家のそばの久宝寺橋の上から長い間じいっと川をみつめられていたこと、中之島の美術館での「将軍家への献上《鍋島》特別展」ではお好きな小皿の前で感じ入っておられたこと、大阪歴史博物館でのお父様の「楳茂都陸平展」において立派な挨拶をされたことなど思い出されます。

私は先生と日本美術や骨董の話をよくさせていただきました。或る時仏教とシルクロードについて話がはずみ、色白の先生のお顔がふあっとピンク色になりうれしそうでした。私はこうした話ばかりさせていただき、俳句の話は、まったくしていないことが残念に思います。

先生は、「うちの先祖鷲谷正蔵は大塩平八郎と昵懇だった」ことやその妻が楽焼をはじめ人形や急須などをつくり天満宮で売って生計を助けていたこと、祖母が北野恒富（日本画家）とも知り合いだったことなどもよく話されました。うちの先祖は、楳茂都流を創設された初代楳茂都扇性の父鷲谷正蔵で、京都の方広寺門跡妙法院宮真仁法親王（光格天皇兄君）に仕え、宮中の舞の名手大橋の局から舞の奥義を伝授されて、それが後年楳茂都流の誕生に結びついたのです。

正蔵は十六歳より親王に五年間にわたって宿直近習として務め、毎日のように入れ替わり妙法院サロンを訪ねる一流の芸術家達の芸術談議を聞いていたのでした。親王が若くして亡くなったため役を辞して十年近く諸国の遊歴を続けて大坂老松町に移り住んで町塾を開いていたようですが、「木彫仙人」とも呼ばれた博識多才の正蔵のもとには文人や僧、多くの画家や彫刻家、能楽師などさまざまな芸術家が集まりました。そのサロンへ大塩平八郎が訪ねるようになり、正蔵の長男初代扇性を養子にとまで平八郎に請われたこともあったようです。正蔵の妻雪は、正蔵亡き後、逞しく十人もの子供を育て上げ、新しい舞踊誕生の為に夫に子に、孫に寄り添っていたのでした。鷲谷家でずうっと「雪さんはえらい人やった」と言われていて、先生も正蔵と妻雪のことを小説にしてみたかったようです。正蔵の四代前の祖は明石の海浜で禅僧として草庵を結んでいたようです。

正蔵の子、初代扇性は天満が梅の名所であることをふまえ「楳茂都流」と命名して流派をひらき明治初年に能楽、歌舞伎、舞踊を総合した「てには狂言」を発表して絶大な人気を集め、維新によって衰退していた芸能界に活気を与えました。

正蔵の孫二代目扇性（先生の祖父）は正蔵の老松町のサロンを髣髴させるようなサロンを大阪東横堀川博労町につくり扇性を慕って多くの高名な芸術家達が出入りしていました。「東横堀鶯集会初めの図」という菅楯彦が描いた瀟洒な絵は、扇性を中心に集う数人をたのしそうに描いています（本書百三頁掲載）。大きな舞台には蛇の目傘と麦藁帽子、隣の部屋の棚には茶道具や平家琵琶が置かれています。菅楯彦は父盛南や没後は土佐派などに画風を学んだ大阪画壇の代表的画人で、浪花の芸妓を描き続けた北野恒富と二人してたびたびこの鶯集庵を訪れていたようです。

扇性は、「髪のお師匠さん」と呼ばれ、舞踊家の風貌として型破りであり、南画に描かれた高士のような面影で、幼い時から名人になると期待され、初代扇性の膝下で芸を磨き、楳茂都流独自の舞踊譜、三絃譜を完成させました。大阪新町の「浪花踊」の特殊な演出法のほとんどを創案し、まぶしい天分と強烈な個性と不屈の精神をもち、性格は実に天衣無縫でありました。坪内逍遥との交流も長く、逍遥は扇性に東京へ出て来るように誘い、本を出版するたびに贈っていました。

先生は祖父扇性に幼年時とてもかわいがられました。短い間でしたが先生にとっては何にもかえがたい時だったのです。

私は晩年の先生の住まいの一室に庵をつくり、祖父のように舞踊や芸術談議をたのしんでいただきたかったです。

父陸平は、家元として楳茂都流の舞の真髄を伝え、門下の育成に力を注ぐとともに終生日本舞踊の理論化に意識的に取り組み、あるべき将来像を説いた舞踊家でした。陸平は舞踊の論語と評された『舞踊への招待』の著書があり、請われて宝塚歌劇団の講師となり、戦後昭和三十五年「関寺小町」の演技で文部省の「芸術祭賞」を受賞したのを始め多くの輝かしい受賞歴を重ねています。又昭和四十五年大阪万博に際し、日本舞踊協会の一五〇名の会員による群舞「にっぽん」の演出、振付を担当しました。

先生は幼くして肉親や舞の世界から離れ、戦争を挟んで、困窮、病苦、孤独に耐えて生きてきましたがいつも祖父のやさしい声が聞こえていたようです。

鷲谷家の人々が世に媚びず、ただひたすらに己の芸術を全うされたように、先生は俳句によって己の芸術を大成されました。

ずうっと離れ住んだ父陸平が晩年の病床で「七菜子は文学者になった」と周りの人々に言って喜んでいたそうです。

平成三十年三月八日に亡くなられた先生の朝日新聞の訃報欄の記事の横に、クリーニングを終えた法隆寺金堂の飛天図（十六号壁）の高精細画像の美しい写真が並んでいました。私はその偶然におどろき、そうっと手を合わせました。

塩野てるみ

七菜子春秋——鷲谷七菜子作品集＊目次

装丁　井原靖章

七菜子春秋

——鷲谷七菜子作品集

鷲谷七菜子とその句集

句集紹介——抄出句とあとがき

『黄炎』　昭和十八年〜昭和三十七年（南風俳句会事業部刊　昭和三十八年）

源氏よむ燭またたけり梅雨の雷
十六夜やちひさくなりし琴の爪
夜なべの灯祖母は明治のものがたり
春愁やかなめはづれし舞扇
春雨のこまかきゆふべ琴を売る
人の手がしづかに肩へ秋日和
いつしんの氷嚢つくる祭笛
菊うらら遠き日の遺書裂きてをり
曾根崎やむかしの路地に月冴えて
歳晩の町ゆく胸の薬瓶
愛断たむこころ一途に野分中
遊ぶ子に路地のせまさよ一葉忌
祖母よりの鏡台みがく近松忌

買ひし菜の抱くほどもなし冬夕焼
離れ住めば父情も淡し夕螢
月の水踊めばいそぐ音のあり
仏像のてのひらにして春蚊の死
野にて裂く封書一片曼珠沙華
いのち澄む水に色あり枯世界
日の中の孤独枯木に雲とどかず
栗咲く香この青空に隙間欲し
朴咲くや地に月いろの風満ちて
枯蓮や夕日が黒き水を刺す
枯野ゆく一点となり尽すまで
芽吹く光虚空つめたき青ただよふ
牡丹散るはるかより闇来つつあり

あとがき

俳句は抵抗から生まれるものであると共に、愛から生まれるものだと私は思っています。抵抗と愛、この二つの言葉は対極にありますけれども、決して断絶されたものとは思われません。

実践の社会に生きることに満たされぬ思い、現実の生活に抵抗を感じる心は、やがて詩のこころを呼び覚まします。人間はその時いつも孤独であるからなのでしょう。そして孤独の心は必然的に愛によって生の意識をあたためようとします。自然への愛、事物への愛、自分以外の人間への愛、そしてまた自己への愛。愛の眼によって捉えた自然や事物や人間のうつくしさ。更にその背後に永遠が感じられるとき、それらは一層うつくしく輝きます。何故ならすべてのものは、虚無の海に漂う花びらのような儚さをもっているからでしょう。

私はこれから、その儚さゆえの美しさを、知性と感性の両面からレンズをあてて捉えてゆきたいと希っています。私の乏しい才能が、十七音定型詩の俳句というかたちでそれをどこまで実現させ得るか、また、そうすることによってどこまで自己を確め得るか非常に心許ないものを感じながらも――。

俳句をはじめてから今日までの二十年間の作品をまとめて、南風から句集を出して頂くことになりました。二十年間の所産としては余りにまずしい内容にもかかわらず、馬酔木の中にあっては冒険的な私の歩みを、終始温かく見守って下さった水原秋桜子先生に序文を頂き、また長年月親身も及ばぬ愛と叱正によって励ましつづけて下さった山口草堂先生に御懇切な解説を書いていただくなど、両先生の御温情には全く感謝の他ありません。

また句集上梓にあたり、友永佳津朗氏はじめ南風事業部の方々にいろいろお世話になり、印刷には松本三余氏の御尽力を賜わりましたことなど厚く感謝しますと共に、今後も作品の成長のために勉強をつづけて皆様の御好意に報いたいと思っております。

鷲谷七菜子

『銃身』　昭和三十八年〜昭和四十三年（牧羊社刊　昭和四十四年）

寒暮の灯点けて雨音身を離る
秋深し身をつらぬきて滝こだま
墓一つ墓ひとつ波ひややかに
眼のごとき沼あり深き冬の山
父情一片冬日きらめく湖の沖
宙にのみありて華麗なる雪片
石楠花や影振りすててゆく峠
父恋ひの身にしたたりて大銀河
野火はるか胸の濤音聴き澄ます
海までの明るさに舞ひ春の雪
そそぐ光刻みきざみて初蝶なり
芦に消えゆく芦刈となりゆく背
滝となる前のしづけさ藤映す

蛇の衣吹かれ何とはなく急ぐ
紅葉みな眩し冷やかなる齢
しづりては揺れ直りたる竹の艶
行きずりの銃身の艶猟夫の眼
深雪中湖村一塊となり睡る
凭らしめぬもの雪林の男の背
天にさへ漂ふ翳り辛夷咲く
とぼしくて大きくて野の春ともし
倒れ木の骨となりゆきつつ芽吹く
単衣きりりと泣かぬ女と見せ通す
えご散るやうすくらがりに水奔り
棺出でしあとや西日の蟻の列
日の芒枯れつくすより影揃ふ

あとがき

思いがけない春の大雪で一旦ちぢみあがった木々の芽が、ここしばらくのうちに急にのびのびと手足を伸ばしはじめた。さくらの蕾も大分ふくらみはじめたらしい。すべてが外へ向って開きはじめるこの季節に私の第二句集が上梓されることは、ささやかな私の句業にとっては聊か恵まれ過ぎているようだ。

さくらの季節になると、思いだす言葉がある。といっても有名人の金言名句ではない。私は第一句集「黄炎」のあとがきで、「すべてのものは虚無の海に漂う花びらのような儚さをもっている」と書いたが、思いだすのは自分自身のその言葉である。多分〈花びら〉という言葉が〈さくら〉を連想させるからであろう。私はその言葉のあと更につづいて「その儚さゆえの美しさを、知性と感性の両面からレンズをあてて捉えてゆきたい」と書いた。ものの儚い美しさを捉えることによってその背後によこたわる何か大きな力、存在の根源とも云えるものに触れたい思いが、実はその頃から芽生えはじめていたのである。しかしこの言葉が最近私の胸の中で、大きな移ろいの影を見せていることに気づく。ということは「黄炎」以後の六年間に私の句境が或る変化を見せてきた、ということになろう。

当時私が儚さゆえの美しさと感じたものは云わば仮象としての〈もの〉の美しさであった。存在の根源を現存する〈もの〉の遙かな彼方に見出だそうとしていた私は、自分の作品が急激に抽象へ傾斜してゆくのを、真の俳句性の追求として何の疑念もさしはさみはしなかった。そんな私が生涯の師山口草堂の一喝を浴びたのは三年余り前のことである。

「ものが見えない目に一体何が見えるッ?」

これはそのときの師の言葉であるが、その言葉が私に新らしい目をひらかせたことを私は生涯忘れることはできないだろう。〈もの〉そのものの中に真理を見いだそうとする目、その目こそ俳句にとって最も大切なものでなくて何であろうか、ということが真に理解できるようになったのはそれから後のことである。真の写実という言葉は、そのきびしい目を持った者にのみ許されるといってもいいのではあるまいか。今はすっかり使い古るされて平面的な意味しか持たなくなった写実という言葉についてもう一度考え、その言葉に新らしい立体的な意味を与えることを、現代の私たちはもっと考えていいのではないだろうか。甘美な叙情を俳句の出発の起点とした私にとって、不得手中の不得手である写実の道に体当りしようと決心したのはその頃からであった。そうして、私にとっては〈もの〉は次第に仮象から実体へと移っていったのである。

私は自然の内奥深く閉ざされた真理の扉を、ほんの少しでもいいから自分の手で開いてみたい。そこへ行き着くまでの道は生ある限りつづく苦難の道であろう。私はその扉を開くどころか、その扉に行き着くまでに斃れるかも知れない。力がなければそれも仕方のないことである。ただ私は〈もの〉に執する一途さだけは今後も失いたくないと思っている。そうして〈もの〉の存在を問うことによって少しでも自分自身の生を証しだてることができればと望んでいる。この六年間が私にとってはこうした意味での大きな転機の時期を含んでいることを思うとき、今度の句集上梓は、あるいは記念すべき意義を持ったものと云えるかも知れない。

「黄炎」以後の昭和三十八年度から昭和四十三年度までの作品をまとめたが、これは世に問うというには余りにみすぼらしい六年間の所産である。寡作の傾向のつよい私は十年間に一度句集を出すことができれば幸いだと思っているほどで、実のところ現在の時点で句集を出すとは夢にも思ってはいなかった。牧羊社からのお話があり、いそいで整理をしてみて改めて才の乏しさを眼前につきつけられたような思いで、いくたびかペンを置いて嘆息した。が、いよいよ整理を終えて原稿を渡してしまった今は、いさぎよく俎上にのった気持でいる。広く皆様方の忌憚のないご批判をいただくことができれば幸いである。

終りに上梓にあたり牧羊社をはじめ鞭撻激励をいただいた方々に深く感謝の意を表したいと思います。

昭和四十四年四月

鷲谷七菜子

『花寂び』 昭和四十四年〜昭和五十一年（牧羊社刊 昭和五十二年）

現代俳句女流賞受賞

天曇るつめたさに触れ梅ひらく

〈那智〉

萬緑をしりぞけて瀧とどろけり
能舞台朽ちて朧のものの影
曼珠沙華すつくと系譜絶ゆるべし
からまつ散るこんじきといふ冷たさに

〈比叡山〉

うづくまる身の心音や雪の堂
海に尽く一村冬菜濃かりけり

〈隠国の冬〉

冬耕の顔を上げては山の墓
いつせいに桑解いてまた村しづか
夢に話せば老い父も梅あかり

種すこし蒔いて日暮の水と居り
佛壇の奥のもの見え夕焼どき
行き過ぎて胸の地蔵会明りかな
初音して湖北藁屋のうすあかり
佛たち暮れてひかりの芒山
天空も水もまぼろし残り鴨
白牡丹ひと夜を経たるさまもなし
白毫寺坂なる露の跫音かな
逝く秋の急流に入る水のこゑ
利休忌の海鳴せまる白襖
雪しみの木橋をひとつ夕霧忌
山河けふはればれとある氷かな
みづうみのこまかきひかり佛生会

あとがき

今回の句集『花寂び』は、第二句集『銃身』以後八年間の作品三百九十四句を収録したものである。

句集名を『花寂び』と名付けたのは、世阿弥の「花」が心にあったからであることはいうまでもない。

「風姿花伝」の五十有余にしてなお残る花は真の花であろうが、今わたくしはそこまでむつかしく考えようとは思っていない。ただ「せぬひま」から匂い出るものに、わたくしなりの残りの花を見出だし、滅びの前のしずけさとひろやかさをその花の中に探りながら、これからを生きたいと希っている。しかし今かえりみて、ここに収めた作品は、およそ句集名にふさわしからぬものであったことを、ひそかに愧じている次第である。

おわりに句集上梓にあたり、牧羊社の川島壽美子さん、荻野節子さんにお世話をかけたことを心からお礼申し上げたいと思う。

昭和五十二年一月

鷲谷七菜子

『游影』　昭和五十二年～昭和五十七年（牧羊社刊　昭和五十八年）

俳人協会賞受賞

杉挽く香はしりて吉野氷りけり
ひといきに日の沈みたる花野かな
急流の真つ向にくる桜かな
すさまじき真闇となりぬ紅葉山
水のあるところ靄たち近松忌
水底は暗（やみ）のさざなみ雪降れり
戸隠（とがくし）山の日暮がおそふ焚火かな
西行の道みな細し落し文
草ごもる鳥の眼とあふ白露かな
桐一葉影よりも音残しけり
ちがふ世の光がすべり芒原
伊勢みちの伊勢にちかづく笹子かな
病めばきこゆ春の襖の波の音

藤咲いて天のしづけさ垂れにけり
〈空海、最澄の真筆に接し〉
風信も久隔もいま夏霞
洗鯛伊勢の方よりうしほ満ち
みづうみを朝日がすべる更衣
隙間なく闇くる定家かづらかな
〈水原秋桜子先生を悼む〉
天空のかくもしづかに大旱
山影のけふ深き川雛流す
菜が咲いて吊鐘かるくなりにけり
向替へてまた水ひろし春の鳰
田水張つて湖北あかるき仏たち
落葉まだよく音立てて櫟山

あとがき

今回の句集は、『黄炎』『銃身』『花寂び』につづく第四句集である。

前句集は世阿弥の「花」が念頭にあっての句集名であったが、その後六年の歳月は、花もまた空（くう）なり、の思いを強めるばかりであった。

確かなるものを求めて生きるむなしさを知った今、飛花落葉もまた影としてうつくしい。ならばいっそ、この世を影と見さだめて、自在に雪月花の影とあそぶのもまた一興、のおもいが生んだ句集名『游影』である。

出版にあたり、牧羊社の山岡喜美子様、渡辺典子様には格別にお手数を煩わしたことを心から感謝し、お礼申し上げたいと思う。

昭和五十八年八月

鷲谷七菜子

『天鼓』　昭和五十八年〜平成二年（角川書店刊　平成三年）

木の影が土よりうかび寒の明
形代に有為の山々高みけり
修二会果て暗し幽しと帰りけり
草木ねむる闇を落花のすさびかな
鹿の子のひとりあるきに草の雨
風はるばると初雁の高さかな
〈父死す〉
きさらぎの人に死なれし顔洗ふ
〈山口草堂先生ご他界〉
玉梅に魂魄の闇ありにけり
ぼうたんに波うつてゐる真闇かな
〈讃岐行　四句〉
遍路いまは通らぬみちの草に蝶

西行を訪ふ竹秋のこれの径
みなぎりて四国三郎桃の花
平氏二十三代緋木瓜つぶらにて
ほとけ恋ひゐて臘梅の一二りん
隠れ谷水張つて田のあらはるる
ともしびを数へてあとは露の山
秋澄むや空にちかづく楢櫟
土の手をはたきて天の高さかな
赤楽のおもみも冬のはじめかな
まんさくや赤子のやうな日が昇り
水に映れば紅梅に怨（えん）のいろ
古九谷の松に韻ある余寒かな
仏間はまた熟寝（うまい）の間にて冬の月

あとがき

『天鼓』（てんく）は忉利天（とうりてん）にあって、打たなくても自然の妙音を発する鼓といわれている。わたくしが句集の書名を決めるときは、句集の内容や作品の傾向などとは関係なく、かくありたいという希いをこめたことばを探す。「天鼓」から聴こえてくるものは音なき妙音で、これが聴こえるのは耳ではなく、こころであるにちがいない。そんなこころを持って自然のこえを聴きたいと思うが、わたくしにとっては至難のことである。

前句集『游影』から八年の歳月が経った。それは「南風」主宰の継承、恩師山口草堂先生の逝去、父の死など大きく波立った月日であったが、同時にまた、主宰として指導と雑務の中に埋没しそうになる虚しさと自分の作品の痩せを、ひしと味わった月日でもあった。そんな思いの中で編んだ句集ではあるが、上梓した以上は、いさぎよく厳しいご批評を受けたいと思う。

最後に、この句集上梓に対する角川書店のご好意と、小島欣二、秋山實両氏のご尽力に対し、心より感謝申し上げたい。

平成三年四月

鷲谷七菜子

『一盞』　平成三年〜平成九年（花神社刊　平成十年）

一盞のはや色に出し夕霧忌
溶けさうな白雲ひとつ良寛忌
枯菊の命終の香のまだ尽きぬ
枯山に来してのひらの熱くあり
くさぐさの言葉のやうに萌えはじむ
世に古りし市松（いちま）覚めゐる春の闇
白桃を剝くや夜の川鳴りどほし
いきなりの一笛秋思断たれけり
漆黒の山が夜空に文覚忌
亡き人にかこまれ爽かなる目覚め
赤子泣く家の大きな鏡餅
最澄の山も粧ふことをせり
ひつそりと空気を踏んで寒雀
奥山に来て逢ふ春の障子かな
やや動く一まい二まい日の落葉
さしかかる乙訓（おとくに）ごほり羽子の音
雪待つは神待つに似て楢櫟
連翹やゆらりゆらりと母とほる
駆けりくる白波一騎菖蒲の日
油滴天目かなかなのひとしきり
らうらうと声あげそめぬ春の滝
家系亡びて三椏の花ざかり
睡蓮をもたげし水のうねりかな
音重なりてかさなりて葛の雨
咳きこみしあとの湖水のひろかりき
拈華微笑の日のさめてまた冬野かな

あとがき

句集『一盞』は、平成三年より平成九年までの七年間の作品から三三五句を収めた。

句集名については取り立てて書くほどのいわれはない。強いていえば「盞」は小さなさかずきで「盃」ではなく、自分の詩（うた）ごころを盛るにふさわしいと思ったからであり、更にこの句集第一句〈一盞のはや色に出し夕霧忌〉のほのかな艶のこころを失いたくない思いがあったことも正直に述べよう。

自分の作品について今後どのようにあるべきかを考えるには、もう余り時間が残されていないことを思うとき、今はただこれからどのような道が見えてくるかということに、ささやかな希みをつないでいるというのが本音である。そして一盞を満たすものに、ほんの少しでも芳香がただよえばと希っている。

この句集の刊行については花神社の福田敏幸氏に一方ならぬお世話とおはげましを頂いた。厚く御礼を申し上げたいと思う。

平成九年十二月

鷲谷七菜子

『晨鐘』　平成十年〜平成十五年（本阿弥書店刊　平成十六年）

蛇笏賞受賞

奔りやまぬ比叡の水の淑気かな
寒月のいつのぼりゐし高さかな
どことなく水滲み出て春の山
眉あげて立夏の雲と会ひにけり
真みどりの林に入りて衰へむ
湛へたる水に夏空平和像
葉を洗ふ雨の音して文月かな
小鳥来る来信太き二三行
南無南無のもつれてきたる十夜婆
初伊勢の杉を高しと仰ぎたる
山水に日の躍りゐる仏生会
擦り足に晩年の来る百千鳥
草深くなりたる家の幟かな

道二つ出会ひてゐたる青野かな
老い母の消え入りさうな青葉かな
古都歩きゐて冬の日の真あたらし
雀まづ散りたるあとの春疾風
夕月のすでに色ある西行忌
あめつちの気の満ちてきし牡丹かな
影の山いつか日の山里神楽
首めぐらせし水鳥に水ばかり
春雨といふ音のしてきたるかな
葭切や水にかくれてゆく夕日
若竹の息見ゆるかの育ちかな
夕立のはじめの音と聞きとめし
行く年の見まはしてみな水の景

あとがき

近頃徐々に、原初の闇へ帰っていく自分の足音が聞えてくるような気がしている。今聞えているその足音はいずれ聞えなくなっていくものだが、それがまだ聞えているうちに最後の句集を出しておこうと思い立った。

俳句をはじめてから約六十年、私はなぜ俳句一途につらぬこうとしてきたのか今改めてそれを考えるとき、それは無意識のうちに自分の性格の寡黙さが、この詩型を選ばせたのではないかという思いに突き当る。多弁を否定し饒舌を嫌う性格が、沈黙の中に思いをひびかせる俳句という詩型に凭り添ってきたのではないだろうか。つまり俳句が寡黙の詩であることが、私の作句人生の後半（前半にはまだそんな意識はなかった）を引きつけていたのではなかろうか。

そうして良くも悪しくも、私は今ここに『一盞』以後の自分の作品を曝け出し、最後の足音を残したいと思っている。

この度の出版の労をとっていただいた本阿弥秀雄氏に心より御礼申し上げたいと思う。

平成十六年二月末日

鷲谷七菜子

『晨鐘』以後

ひそみゐて声あきらかに初雀
木々の芽のほぐれんとして太虚かな
種茄子の仏頂面となりきたる
ひつそりと雛飾られし老の家
いづこより来る風かな薫りゐる
炎昼を黙てふことに徹したる
澄む水の中の天地にひたと逢ふ
ていねいに手を洗ひゐる秋思かな
舞初は夢の中にて終りけり
冴え返る日はふるさとのしかとあり
春蟬の止みしままなりまだ鳴かぬ
青葉して決断といふ二文字あり
まだ消えぬ一灯のあり時雨の忌
むかしにもありしこの音落葉踏む
掌の中の小春のぬくみほどきけり
そよぐさま残さず蓮の枯れにけり
どこよりか淑気近づき来るらし
初夢とも現とも闇濃かりけり
世の隅に汲む若水のゆたかさよ
柚子湯して胸のあたりに昔かな
数の子に箸とつて子のなき一世
これをもて吉書となさむ筆選ぶ
やや寒の終の栖家の夜明かな
瞬きを残して消えし冬の蝶
神鈴のしづかに二音山眠る
水ささやくや冬ざれの草の中

句集に関する七菜子の記

『現代俳句入門』より

俳句をつくりはじめて三十五年、私はその間さまざまな人生経験をかさねました。死にたいような不遇の日もありましたが、万物のいのちのかがやきにふれるときや、自然のなかにひそむ永遠の静けさをふと感じるとき、やはり生きていてよかったと思いました。そしてそのなかで、その日その日を精いっぱいに生きながら俳句をつくりつづけてきました。その句を今ふりかえってみますと、句の出来不出来をこえて、私にとってそれらの句は、ほかにかけがえのないたった一人の私という人間存在のあかしであり、その一句一句は私のいのちのしずくのような気がするのです。

（文化出版局刊　昭和五十四年）

「南風」誌より

私自身の作品を改めて振り返ってみると、素朴な挙措や日常の哀歓を俳句というものがどういうものか解らないままに十七音にしていて、ものよりも気分を主にしてつくっていたことを認めざるを得ない『黄炎』時代。われを見る眼から自然へそそぐ眼への切り替え、自然の相を見ようと必死になった『銃身』時代。

それが終わった頃から私はこれでいいのかという思いがして、肩の上にのしかかっていたものを、ふり払ったような気持になりそれが『花寂び』。そのあと『游影』あたりから現在の私に通じるような道に入ってきたのではないか。『天鼓』から『一盞』にかけて齢を重ねるに従い、もうどうしようもない己の心の姿を刻みつけるように俳句に彫り残して行きたいと思った。

老を深めるにつれて私の句もより一層平明に単調になって行くかもしれません。それを怖れながら句作を続けているのが現状といえる。

鷺谷七菜子エッセイ集

雪の延暦寺

根本中堂

　私は一月という言葉が好きである。新年とか正月とかいう言葉とはちがって、一月という言葉には、単に年が改まるといった感覚よりも、すべてがこれから始まるというような、何か原始的なひびきをもっているように私には思われるからだ。

　はなやかな正月気分が終って寒に入ると凍るような静けさが訪れるが、そうした中で、自然はいよいよきびしい相をあらわしはじめる。しんまで凍てついたようにつっ立っている巌や、落下する水の、激しい勢(きお)いの姿を見せたまま氷りついている滝、あるいは一夜の雪に、みるみる聖地のような相貌への変化を見せる山野や村里など、比較的温暖な地方といわれる関西でも、一月の自然は美しさの中にも、太古につながるようなきびしさと静寂の姿を見せる。何かが生まれる以前の、まだその胎動さえ感じられぬような不思議な静けさ、そうした自然の中に身を置くことが、なぜか私には懐しくさえあるのだ。

　人間はもとより、すべての生物がこの世にあらわれる以前の大きな静寂。そうしたものに通じる静けさを、一月の自然は秘めているのではないだろうかという思いがしきりに心を捉えて、私はよく一人で、きびしい寒さの山をたずねる。

年末からいくたびも降っては消え、消えては降り、そうして積った雪が氷りついた比叡山の参道を、今私は一歩一歩踏みしめながら、ぴりぴりした寒気の中で、自分自身が透明化してゆくような心地よさを味わっていた。

京の町は晴れていても、比叡の冬は、いつも時雨か雪に見舞われる。さきほどからはらはらと降りかかっていた時雨がまた雪となり、宿坊へ着いたときにはひとしきりの飛雪となっていたが、夜、窓ガラスに顔を近づけて外を見ると、いつの間にか雪はやんでいて、遠く大津の町の灯が宝石のようにきらめいていた。

比叡山という山は、京、大阪に住む者にとっては親しい山で、私も昔からいくたびか訪れたが、延暦寺の根本中堂に魅せられるようになったのは、そんなに古いことではない。

昔から仏教思想に関心をもっていた私は、ちょうどその頃、「摩訶止観」の一念三千論に深く感動していた。

天台智顗（ちぎ）の世界観の結集といわれるこの思想は、一念（極微の世界）と、三千（極大の世界）とは渾然一体となっている、ひらたく云えば、ミクロとマクロの合一の思想と聞く。

宇宙の力が一存在にみなぎり、一存在の力が宇宙と一つになるというこの考え方は、当時、たえず根源的なものへの問いかけをつづけていた私の心の中に深く定着し、それ以来私の足は、事あるごとにこの山に向くようになったのである。

宿坊で一夜を明した翌朝、暁闇の中でとび起きて根本中堂へ向い、真っくらな堂内に入ると、朝の勤行のはじまる前の静けさが、凍てのきびしさと共に、じいんと身体に沁みこんでくる。ただひとところ蔀を上げたその空間から、雪の朝の白みはじめた光が外陣にさし込んでいた。

くらがりの中で常夜燈が三つ、常住不断と云われるこのともし火は、天正十三年立石寺から伝えられ、今日まで消えることなく受けつがれているという。

その向うに一対の大きな蠟燭の焔がゆらめいて、何やら金色の裳裾のようなものが照し出されているのは、本尊の薬師如来と脇士の日光、月光菩薩であろうか。上半身は闇にかくれて、ようやく暗さに馴れてきた目を凝らしてみても、お顔を拝むことは出来ない。

日常次元を遠く距てたこの神秘の世界に、たった一人で合掌し蹲っていると、なぜかそのくらがりが、途方もなく大きい宇宙の闇に通じているような気がしてくるのは不思議であった。ちらちらと灯明りに見える如来の金色の裳裾が、ふと宇宙の遙か彼方にきらめく遠さに感じられ、それでいて自分のこの手に、今すぐにでも触れようと思えば触れられる近さとも思えた。そうした闇に、生き身の自分のいることが夢のようであった。

僧たちの姿が、影のように内陣に入ってきた。午前七時、朝の勤行がはじまる。

天台様式といわれる作りの、外陣よりぐんと低い内陣に居ならぶ僧の姿は、私の位置からは見えない。一段高く座を占めた導師の姿だけが仄かに浮び、低く、ずっしりと沁みわたるような読経がつづく。

この延暦寺千二百年の法燈の下、ときには僧兵の蹶起、あるいは信長の焼打ちなど哀しい歴史も残しはしたが、しかし古くは平安朝の恵心僧都、降って法然、親鸞、道元、栄西、日蓮など、鎌倉期の名僧を次次と輩出した、この広大な天台思想が今の世に受けつがれ、そして又、次の世に譲られようとしているのである。

この山の有名な行に、千日回峯行というものがある。

七年間に亘って千日の回峯をするのだが、一日に三十キロの回峯をつづけ、五年目に七百日目がすむと直ちに堂入りをする。そして九日の間、断食、断水、不眠、不臥の参籠を遂げて、六年目からは回峯の他に、京都への往復が加わって一日六十キロ、八百一日目からは一日八十四キロとなり、これが終って大行満となる。

天正年間から今日まで、この大行満を果した人は三十八人と云うが、この超人的な、生死の間をさまよう行の中で、その僧たちの垣間見た世界はどのようなものであったろうか。

勤行が終って、僧たちは又影のように外へ出ていった。その影の姿に曳きずられるように、私も外へ出た。

凍りつくような朝の空気の中で、雪の敷きつめた杉の間の参道を、「おう、おう」と声を引きながら帰ってゆく僧たちの後ろ姿が見えた。

老杉の秀に花を咲かせたように積っている雪が、今きらきらとかがやいているのは、厚く沈んだ雲のどこからか朝日がのぞいているのであろうか。

参道の木立の少し展けたあたりへ出ると、不意にぱっと明るい、しろがねの光があった。ゆうべ宿坊の窓に、宝石のような灯をちりばめていた大津の町も、朝の湖のしろがねの光の中では、姿をひそめているようであった。

遠く平安の昔、若き日の最澄が、金剛不壊の大願に燃えてこの堂を創建、一乗止観院と名づけて常行三昧に明け暮れたとき、朝の琵琶湖のしろがねの光は、大願成就を幸う兆しの光としてその瞳に映ったことであろう。

そして今この湖光は、あの根本中堂の神秘の闇から出てきた私の瞳に、大きく息づく自然の生命の光として映っている。その自然の生命の息づきの姿こそ永劫の美しさであり、それをこそ、あるいは仏というのではあるまいか。

朝日に溶ける杉の秀の雪しずくが、散華のようなきらめきで散っていた。

奥比叡　横川

暗い、と思ったのは、杉木立のせいばかりではなかった。一度顔をのぞかせた朝日も、又すっかり雪雲に蔽いかくされたのであろう。ときどき顔にちらついていた粉雪が、にわかに乱舞しはじめた。

冬なお青青とした杉の秀が、今は狂うばかりの飛雪にけぶって、一本一本の幹が、しょうこともなく立ちすくんでいるようである。

飛雪にくらむ杉谷の坂道は、あるいはゆるやかな登りとなり、あるいは思わぬ急な下りとなって続く。

山王院を過ぎて、うすぐらい石段の道を下ってゆくと、透明な微光をまとうかのように、寺の屋根が低く沈んで見える。浄土院である。箒目の美しい砂の庭は侵しがたいような清浄さで広がり、最澄の遺骸の眠る場所として、いかにもふさわしい。

ゆるやかな起伏はさらに続いて、やがて椿堂と荷い（にない）堂が現われる。

荷い堂は法華堂と常行堂とに分れ、この二つの堂が廊下で結ばれていて、弁慶がこれを荷ったというが、その楽しい嘘がほほえましい。

在家修行の場といわれる居士林への道はここから右へ続くが、奥谷へのこの径は今飛雪にくらんで、とびたつ鳥の気配もない。

横川への径は釈迦堂からはじまる。

枯れた雑木山の細い径をのぼりはじめると、白くすきとおるような枯萱が、胸で分けすすむと雪を跳ねて笞のように身体を打ち、それが反って快い。

凍てついた山径にいくたびか足を辷らせながら、それでも根よく登ってゆくと、尾根径は急に展けて、いつか雪をおさめた薄明りの下、八瀬、大原、鞍馬、花背あたりの洛北の山々から、更に遠く丹波の山なみであろうか、視界は際限なく薄雪に蔽われた山で埋めつくされる。振りかえると、東の方は琵琶湖が大きく横たわって、その向うにうす青く聳えているのは近江富士であろう。

不意に目の前の樹上で、がさがさと大きな音がした。おどろいて見上げると、大きな野生の日本猿が二匹、真赤な顔をして梢で木の実をとって食べながら、遠い山なみを見下ろしている。ドライヴウェイから少しはなれたこの山道は辿る人が少ないらしく、ときどき熊笹が足元を蔽う狭さになる。

このあたり一帯は又、樅の天然林が続いて、仰ぐと雪を払った梢の葉が、まるで小紋のように空をいろどる。

根本中堂を出て六キロ余り、横川の地は、再び杉木立の深い静けさの中にあった。

木立の中は雪が薄く敷きつめて、匂うような杉の青影を、ほんのりと漂わせている。

慈覚大師の創建になる横川中堂は国宝の大建築だったが、昭和十七年落雷で炎上し、今あるのは昭和四十六年再建された新しい堂で、木立の中に、丹塗りも美しく聳えていた。

うす暗い堂内に入ると、中央に仄かな照明に照し出された等身大の聖観音が、今にも動き出しそうに見えて、私は思わず身体を硬くした。下半身をやや左へくねらせたその姿が、不思議な生まなましさで、歩みよってくるかのように見えたのであった。

この横川中堂を中心として、如法堂、大師堂、恵心院の他、日蓮、道元などの修行の地も、深い木立の中につつまれて、簷をつたう雪しずくばかりが、かすかにひびく。

谷へおりると、切り立つ岩のあたりに水音が聞えてきた。こんこんと噴き出る清水が、凍てついた岩をつたって滴り落ちているのだ。まだ深い山の趣をとどめるこの横川の地で修行をつづける僧たちの、その信仰の心にも似た冬清水の透明さ、冷めたさ、そして厳しさ。

恵心僧都こと源信は、この地で「往生要集」を著わし、「弥陀来迎図」を描いたと伝えられているが、平安の昔、今よりもなお深山幽谷の趣の深かったであろうこの杉山の真っ只中で、ひたすら常行三昧に明け暮れていた源信が、ある日ふと杉山の空の微光に、嶺越しの阿弥陀如来の幻影を見たとしても、さほどに不思議とも思われぬ静けさが、今なおここに佇む私の身ほとりにも、ひしひしと感じられるのだ。

凍てついたように立っている小さな恵心院、深い杉山のたたずまい、微光を帯びた雪後の空。それらが醸しだす静けさの中では、もう浄土も現し世も一つになっているのを私は感じ、いよいよ身体が透明になってゆくようであった。

そうした微光の世界の中に、冬もなお、つやつやとした茂りをもつ椿の、小さな林にかこまれた一つの墓がある。高浜虚子の墓である。

一時俳句を離れて写生文、小説へと走った虚子は、ここに逗留して「風流懺法」を書いた。横川というこの聖地で、祇園を舞台にした「風流懺法」を書いた虚子という人物は、やはりただものではないという気がしてくる。

この墓は分骨を埋めた墓だそうだが、ささやかな五輪塔が、門下たちの手で植えられた無数の椿の木にかこまれて沈むように立っている。今後何十年かの後、この椿の木が大きく成長して見ごとな椿の林が出来ると、墓はいよいよその中に隠れ沈むことだろう。そうしたひそやかさこそ、この横川の地にふさわしいし、又いかにも俳人の墓らしいといえよう。

諸堂から遠く離れた場所に、僧たちが行をおこなう行院があるというが、たまに訪れる私たちの目にはとどかないところで、僧たちは修行しているのである。

この山で修行する僧は、今でも何年間かはテレビもラジオもない、全く社会と隔絶された生活にあけくれ、止観をし、経を誦し、仏の道を学ぶといわれている。その何年かのうちには、おそらく僧たちの心に、迷いや疑いや、抵抗や苦悩の渦巻く時期があることだろう。それに耐え、己れに打ち克つことの出来るもののみに、仏の道は展かれるのだ。

仏教は堕落したという声を聞く昨今だが、この地を訪れるとき、そうした声が反って虚ろにひびいてくる。

降りやんでいた雪が又舞いはじめた。

杉木立のまっすぐな無数の幹が飛雪の中で諸堂をとりまき、横川の聖地はいよいよきびしく澄みきってゆくのである。


―『咲く花散る花』所収―

花と舞

花といえば桜を指すようになったのは、平安朝の頃から、といわれる。〈さくら〉の語源はもっと古く「木花開耶姫」の〈さくや〉だとし、その頃から花といえば桜を指したのだとする説もあって、いかにも桜好きの日本人らしい考え方だが、奈良朝の頃は中国原産の梅が輸入されたときで、万葉集では圧倒的に梅を詠んだ歌が多く、単に〈花〉という言葉だけが使われていても、桜か梅か断定しにくいものが多い。平安時代になって桜の栽培が急激に増し、宮廷でも南殿の梅が桜にかえられ、これが左近の桜となったが、このころから花といえば桜を指すようになったとする説がやはり正しいのではないかと思う。

一時桜が軍国主義と結びついたので、戦後少し敬遠されかかった風に見えたのが、それもほんのひとときで、桜はやはり依然として私たちの心を捉えたまま、今日に至っている。

三月のお水取りがすむと、もう彼岸桜がほころびはじめ、それからあとは、染井吉野や里桜、山桜の蕾がほぐれてくるのを、一日千秋の思いで待つようになる。

桜もずいぶんいろいろと種類はあるようだが、文人、詩人たちにもっともよろこばれるのは山桜であろう。少しあかみがかった葉が花と同時に出るこの山桜は、清らかな素朴さがあって、もっとも野趣に満ちた美しさをもっているといえよう。

多くの人から俗っぽいとして敬遠されがちな染井吉野も、ひらきはじめの一つ一つの花を眺めると、ほんのりと淡紅色を帯びた花びらが、ぱっと張るように開いて、その中心のえんじ色が口紅を点じたように美しく、まるで平安朝の都育ちの乙女を想わせるような清雅な艶があり、しかも気品をもっているのはやはり見捨てがたい。

〈花は盛りに、月はくまなきをのみ見るものかは〉の徒然草の言葉を待つまでもなく、この染井吉野も、もっとも花の美しい二三分咲きの頃か、あるいはいっそ大方散りつくして緑の葉が小さく出そろう頃、まだそここに残っている花が、雨に濡れたりしているときなど、殊に可憐である。

盛りの桜は、昼よりもたそがれどきの薄闇の中で眺めるのが美しい。暮れるのを待ちかねて桜の精が姿を現わしたのではないかと思うほど、この世のものならぬ妖しさがそこにただよう。生涯桜を愛して〈ねがはくば花の下にて春死なんそのきさらぎの望月のころ〉と詠んだ西行は、おそらく、桜の精に抱かれて、おのれの生涯を終らせたかったのではないだろうか。

それほど桜は私たちを魅きつけてやまない花だが、私のごく幼い日の記憶には、小学校の校庭にあったであろう桜さえ、それほど強い印象をとどめていない。

歌舞伎俳優や芸妓たちの出入の多い舞踊の家に生まれた私は、現実の花よりも、人間の花にとりかこまれて幼時を過したといえるだろう。桜の花は舞台の大道具に描かれたものや踊りの振りで知る、虚のイメージの方が強かった。たとえば娘道成寺の鞠唄で、両手で落花をかきあつめて鞠としてつくしぐさなどは、子供の私にとって一番面白いところで、その稽古がはじまると私は稽古場へとんでいって、舞台の前で、見よう見まねで一緒に踊っては、はしゃいでいた。

花形役者という言葉があるが、稽古に通ってくる十代二十代の若手俳優は、子供の私が見ても花のように美しかった。

今は既に亡くなった長谷川一夫が、林長二郎と名のって映画入りをしたのもその頃であった。横堀川に沿った晒問屋の物干に、幾すじもながながと揺れていた晒布がいつか取り入れられて、暮れかかった空が次第に深い藍色に染まる頃になると、川沿いの家のあちこちに、ほんのりと灯がともりはじめる。

舞台のある十二畳の稽古場の、ちょうど川に面した窓の手摺りに小さい顔を押しあてて眺めると、もう橋の上にはいっぱいの人があふれていた。歌舞伎俳優だった林長丸が、林長二郎の名で映画入りをするという、その舟乗込みの宵である。

そのとき、つと表の格子を開ける音がして誰かが慌しく入ってきた。

「どうだす。間に合いましたかいな」

声と同時にどかどかと玄関にあがりこんできた人影があった。初代中村鴈治郎、そして夫人と愛嬢芳子の成駒屋親子である。

川筋が俄にざわめきはじめた。いつか暮れいろの濃くなった横堀川の北の方に、ぼーっと明りがさして、そのころ大阪の交通機関のひとつだった巡航船が一隻、造花や灯りにうつくしく飾られて、にぎやかな楽隊の演奏を載せながら川を下ってきたのである。

橋の上やら川筋から、どっと喊声があがる。舳先に立っているのは黒紋付袴に白扇を持った十九歳の長二郎。

「どうか、よろしくお願い申します」

声を張りあげて、左右の川筋の人々を代わるがわるに見上げながら、にこやかに、そして深々と頭を下げる。灯りに照らし出されたその姿が、幼い私の目にも、匂うようにうつくしかった。

鴈治郎は手すりから、その長身を大きく乗り出して手を振った。

「おーい。ここや、ここにいるで。しっかりやりや」

目の前まで下ってきた船で、長二郎の視線が、にっこりと受けとめる。と思う間もなく、船は川下へ滑るように下っていった。私の幼い日の、はなやかな記憶の一こまである。

私の幼い日の記憶の一こま一こまは、横堀川と巡航船、黒光りのする舞台、三味線の音色、そして稽古に通ってくる花のような男や女たちによって繋がってゆく。その頃、祖父は大阪ばかりでなく京都や神戸にも稽古場を持っていて、稽古日には必ず私を連れて出かけていったが、ようやく物ごころのつきはじめた私は、何となく神戸よりも京都の、はんなりした明るさの方が好きであった。

月に十日の稽古日には、祖父母は私を連れて朝早く家を出て京都へ向った。京阪の四条から稽古場のある宮川町の歌舞練場まで、それほどの道のりではないのだが、いつも人力車に乗った。

稽古場では、私はいつも祖父母の隣りで、おとなしく坐って稽古を見たが、すこし倦いてくると、その素振りをすばやく見てとった芸妓や舞妓の誰かが、そっと私を隣りの部屋へ連れていって遊ばせてくれたものである。しかし歌舞練場も芸妓や舞妓の誰彼も、今の私の記憶には殆ど残っていない。が、ただ稽古場の大広間の書院に設けられた大きな源氏窓の、まっしろな障子と黒塗りのふち、そして清乃・清之輔という姉妹芸妓の貌だけが、不思議なあざやかさで、くっきりと思い出されるのだ。

清乃と清之輔は実の姉妹である。幼い私に大人の年齢など想像できるはずもなかったが、今考えてみると清乃は二十あまり、清之輔は十八、九だったろうか。どちらも小柄で、姉の清乃は、きりっとした目鼻立ちのどこやらに翳があるのに比べて、妹の清之輔は姉よりも色白で、ぱっと明るく愛嬌があり、二人とも宮川町きっての舞い手として名を馳せていた。

古くから京大阪に伝わる流儀、井上流・山村流・吉村流・楳茂都流の舞をひっくるめて〈上方舞〉というが、その中で井上流の舞を指して特に〈京舞〉という。京舞といえば井上流、井上流といえば都踊り、都踊りといえば祇園。京都は何といっても祇園である。その華やかな祇園の存在にかくれるように宮川町があった。

私の祖父は宮川町に入って、はじめて京都での楳茂都流の地盤を作った。だから宮川町きっての舞い手である清乃と清之輔は、楳茂都流にとっても大事な存在だったわけである。しかし、その舞い姿は私の記憶には残っていない。ただ、清乃が地唄の〈雪〉を舞ったときの写真が一枚私の手元に残っているが、開いて前に置いた傘の上に左手を少しかけて、右袖を胸に当てた立ち姿に見られる清乃の顔は、私の記憶に残っている顔よりも、一層しめりを含んで、うつくしい。

ある日、祖父母は清乃・清之輔ほか二、三の芸妓を連れて、祇園の夜桜へ出かけたことがあった。

まだ篝火には早い時間で、夕闇のなかに、ぼったりと重い桜がしらじらと浮いていた。どれほどの人出があったのか皆目おぼえていないが、それほどの混雑ではなかったように思う。私は祖父母と離れて、清乃に手を引かれて歩いた。八坂神社の前では皆のように、しゃらんしゃらんと鈴を鳴らしてみたかった。

ふと清乃が私を抱きあげた。

「まあ、嬢(とう)ちゃん。重とうならはりましたえなあ。ごはんたんとおあがりやすのどっしゃろ」というと、私の頬を人差し指でちょっと突いて笑った。

「さあ、鈴鳴らして拝みまひょ」

と、私の手に、長く垂れさがった布を持たせてくれた。私はその布を持って一生けんめいに振ったが、鈴は鳴らなかった。清乃が代わりに、しゃらんしゃらんと鳴らした。

「嬢(とう)ちゃんが、はよ大きうなって、ええお嫁はんにならはるように、さあ拝みまひょ」

清乃は片手で私の頭を後ろから抑えるようにしながら、自分も頭を下げた。島田にかけた銀の丈長が、ちらりと灯にきらめいた。

円山公園へ抜けると、私たちは茶店へ入って休んだ。私たちの前に温かい茶が運ばれたが、芸妓たちは誰も飲もうとしなかった。折角の口紅が濡れることや、粗相をして座敷着を汚すことを気にしたのかも知れない。

そのとき、私のすぐ隣にいた清之輔が、つと湯呑をとりあげると、ハンカチを底に当てて両手でつつましく口元へもっていったが、つややかな京紅のひかる唇のあいだから、ちらっと花びらのような舌先をのぞかせたかと思うと、舌の上に受けるようにして、すうっと茶を飲んでしまった。その手品のようなあざやかさ、器用さに、私は目を丸くして、じっとその口元を見つめていた。

歌舞練場からの帰りも、やはり、いつも人力車であった。腰をかけた祖母の膝に私が乗ると、

見送りの芸妓たちは、祖父と私たちの二台の車のそばにかけよって、

「どうぞ、お気をつけて」

と、めいめい頭を下げた。清乃と清之輔の声は人力車が動きはじめても、まだ後ろから追いかけていた。

「気をつけてお帰りやしとくれやす。すこうし冷えてきたようどすよって、お風邪召さんようにしとくれやすえ。嬢（とう）ちゃん、またあしたどっせ」

その声が遠ざかってゆく人力車のなかで、祖母は溜息をついた。

「ほんまにあの二人ともよう言葉のゆきとどいた子や。女はな、ああやないとあかんのやで」

と、ひとり言の後は、膝の上の私に言い聞かせるような口調になった。

その後、私が六歳のとき祖父が亡くなり、私の境遇は逆転した。父が家元をついだ日から祖母と私は郊外へ引き籠って、舞いの世界とは隔絶された生活に入った。

清乃と清之輔は、その後それぞれ身の振り方が決まったようだったが、次第に疎遠になった。

〈花も雪も払えば清き袂かな　ほんに昔のむかしのことよわが待つ人もわれを待ちけむ〉にはじまる地唄の〈雪〉は私の好きな曲で、時折りの手すさびに今でもひっそりと弾くことがある。

大阪の峰崎勾当の作として有名なこの曲は、しんしんと降りしきる雪を背景に、思う人と別れて侘び住まいをする女の、死のような孤独感と、男への追慕の情がつらぬいていて哀しい。もと

もとは大阪の、ある女のことを唄ったものらしいが、谷崎潤一郎は、「年齢は四十歳前後、男と別れて嵯峨あたりで佗び住居をしている、純粋の京の女と思いたい」といったそうである。

私はこの曲を弾くたびに、写真の清乃の舞姿を思い出した。愁いを帯びた清乃の顔立ちはこの曲を舞うにふさわしく、きりっと決まったその立ち姿は、艶やかなばかりでなく、みがきにみがきぬいた芸からにじみだす、一種の品格をつたえていた。まことに〈花〉とよぶにふさわしい姿であった。その後の二人の消息を、私は知らない。

円山公園には、何本かのしだれ桜がある。そのうちの一つは名木として名が高いが、今のは二代目で、昔からあったみごとな老木が昭和のはじめに枯れてしまったので、その後あらたに植えられ、育てられたものだという。

しだれ桜は、京都では普通の民家にもよく見られるポピュラーなものだが、私が特にその美しさに魅かれるようになったのは、ごく最近のことである。

何年か前にここへ来て、二代目といわれるしだれ桜を見上げたとき、大きな花傘をひらいたようなそのみごとさに圧倒され、さすがに立派だとは思ったが、何か近よりがたいしらじらしさを感じて、親しめなかった。私はそれよりも奥にある、やや小ぶりのしだれ桜の美しさに心惹かれた。

地上にとどくばかりにしだれている幾すじかの枝は、風のない暮色の中でそよりともせず、枝に隙間もないくらいについている花は、すべて地へ向った姿で咲いていた。それは桜という言葉から心に描くイメージとは全然別のものであった。桜は空の明るさへ向って咲くものとばかり思っていた私は、地のしずけさへ向って咲く桜のあることに感動し、愁いをふくんだような優婉なその美しさが、心に揺れこんでくるようであった。

私はふと、清乃と清之輔のことを思った。地のしずけさへ向って咲く桜は、清乃の美しさに通じ、空の明るさへ向って咲く桜は、清之輔の可愛さを想わせた。

しだれ桜をふり仰ぐと、高い枝にびっしり咲いている花もその殆どが下を向いていて、いっせいに私の顔にふりかかってくるようであった。ふりかかってくるというより、それは襲いかかるような激しさに見えた。しずかな美しさをもった清乃にも、あるいはこうした激しさが隠れていたのかも知れない、と思った。私はそのしだれ桜から、いつまでも立ち去ることが出来なかった。

数年後の春ここを訪れたときは、まだ日も高い時刻で、そよ風よりもやや強い風があった。清乃を想わせたしだれ桜は、その日は落ちつきもなく揺れつづいて、以前のような表情を見せてはくれなかった。

私は踵を返して、有名な二代目のしだれ桜の方へ近づいた。以前訪れたときは何かしらじらとした表情を見せていて親しめなかった桜だが、今それを仰いだとき、あっと息をのんだ。

少し西に傾きはじめた日を受けて燦然とかがやいているその姿は、堂々としているばかりでなく、どこか凜と犯しがたい美しさがあった。日はやがて西に沈み、この姿も闇の中につつまれてゆくであろうし、又あと幾日かすればその大方が散りつくしてしまうに違いないのだが、しかし今見る姿は、そうした現実の時の移ろいを感じさせない、特殊な空間と時間のしずけさの中でかがやいているようであった。

久方の光のどけき春の日にしづごころなく花の散るらむ　紀 友則

私はしだれ桜を仰ぎながら、古今集のこの有名な歌を思い出していた。そしてこの歌のもっている品格と悠久感を、今そのままこの桜に見出だしていた。超一流の詩歌や芸術作品に見られる品格と悠久感に通じるものが、いわゆる〈名木〉といわれるものに存在することを、はじめて知る思いであった。そうした名木は自然存在というより、それを育てる人によって創られた芸術作品といっても過言ではあるまい。そう考えたあと又しても私は、清乃や清之輔の舞姿を思い出していたのである。

――『咲く花散る花』所収――

釣狐　――近江、勝楽寺――

彦根から南の多賀、甲良あたりは、鈴鹿山脈の北端の山並みが次第になだらかな丘陵状を見せはじめるところで、その間に展けた平野はここから南、はるかに日野あたりへとつづいて、蒲生野とよばれる。

近年ここを横ぎる高速道路の自動車のひびきが静寂をやぶるのは残念だが、それでも蒲生野という地名と今も残る鄙びたのびやかさは、私たちの想念をそうした現実から引き離して、うららと古代へ遊ばせてくれるのだ。

　あかねさす紫野ゆき標野ゆき野守は見ずや君が袖ふる

蒲生野の遊猟の折詠まれたという、額田王の有名なこの歌は、この出色の女流歌人が、天智、天武両帝との愛の狭間にあって、どのような状況のときに詠まれたものか正しくは知らないが、いずれにしてもこのおおらかな相聞歌の存在が、蒲生野の自然を一層引きたてていることは事実であろう。

多賀の南、正楽寺村にある勝楽寺へ近い山沿いの道をたどると、満開の桜がそこここに溢れるなか、すでに苗代のみどりは育ち、田蛙の声がにぎわい、はるかの村には鯉のぼりが泳いでいて、近江もうこのあたりから、闌春のけはいが直ちに初夏へとつながってゆく北国の様相を見せはじめているのだということを、改めて知った。

正楽寺村の中ほどから、再び山の方への道をとってしばらくゆくと、そのゆきどまりにようやく勝楽寺のささやかな山門が見え、左手にひろがる池のかなたに、そこにもやはり満開の桜が、おもおもとした影を水面に映していた。

湖東三山といえば、西明寺、金剛輪寺、百済寺を指すが、この三寺に多賀の敏満寺とこの勝楽寺を加えて、昔は東山五山とよばれ、いずれも偉観を競う名刹であったと伝えられる。しかし永禄十一年信長軍によって焼かれて以来、この勝楽寺は昔をしのぶよすがもないささやかな寺として、山麓にかくれるように生きつづけているのである。

この寺は室町時代、近江守護職として、ばさら大名（自由奔放な思想をもつ豪勇の将の意）の名が高く、また風流人としてもその名をとどめた京極高氏こと佐々木道誉が、東福寺雲海和尚を請じて開山したといわれるが、今日私がここを訪れたのは、その道誉をしのぶためというより、この寺に、狂言「釣狐」にまつわる伝説の、狐塚があると知っての懐しさにひかれたからであった。

境内から寺領の裏山へ向うと、昼なお暗い木立と竹藪を縫って、くさむらがくれに一すじの径がつづいている。蜘蛛の巣をはらい、くさむらを分け、倒木をまたいで登ってゆくと、ふとささやかな平地が見え、そこにはざっと三十あまりの石仏がならんでいた。戦国時代ここに築城した高筑豊後守が、城主にそむき、あるいは掟に反したものを処刑した、その仕置場であった。目鼻もしかとわからないこの石仏は、供養のための地蔵であろう。

さらに急坂を登って経塚を過ぎ、山頂への一筋径を登りつづけてゆくと、小さな祠があり、それが狐塚であった。

木洩れ日がちらちらと足もとに舞う明るさの中で、私は急坂にみだれた息をととのえながら、狂言の釣狐で聞いた、実際の狐のそれよりも、一層不気味な啼き声を思い出していた。それは戦時中召集をうけた一青年が、入隊を前にして演じた釣狐の、その啼き声であった。

四十年あまり前のその日の舞台が、昨日のことのようによみがえり、それはさらにさかのぼって、その青年と私の互いの幼い日の思いへと移っていった。過去の歳月は足もとにちらつく木洩れ日のように澄んだ明るさで、その一こま一こまを私の胸中に繰りひろげはじめたのである。

久宝寺町の小間物屋の店先きに並んだ花櫛や花簪がうららかな日射しの中できらめくのを、大きなランドセルを背負ったままうっとりと見とれて立ち止まるほどのゆとりができたのは、小学校へ入学して十日ほどもたってからのことだったろう。

そのあたりではめずらしいしもたや造りの二重格子の、その格子戸からは一歩も外へ一人で遊びに出たことのない私にとって小学校への入学は、ひとりで社会へ放り出された最初のできごとであった。不安感を身体いっぱいに漲らせて私はおずおずと教室に入り、はじめて見る先生や子供たちの中で落着かず、ちょっとのことにもベソをかいた。

「よし、あしたから兄ィちゃんが連れて行ってやる」

と、そんな私に申し出たのは筋向かいに住む狂言師茂山家の長男、小学校三年生の良ちゃんであった。そして私は急に元気づき、ランドセルを鳴らしながら学校へ通いはじめたのである。

学校から帰っても良ちゃんは私の家によく遊びにきて私に狂言を教えてくれた。狂言とはいっても他愛ないもので、

「でんでんむし、むし、むし、雨も風も吹かぬに、出ざかま打ち割ろう」

と良ちゃんは両手を叩いて拍子をとり、両足を交互に上げながら前へ進み、私は、

「でんでんむし、むし、むし」

と、やはり手を叩いて後へつづく。何度も何度も同じ文句の繰り返しである。稽古場の舞台をぐるぐる廻りながら、それに倦きると、

「やるまいぞ、やるまいぞ」

と良ちゃんは私を追いかけはじめる。私は、

「ゆるさせられい、ゆるさせられい」

と逃げながら舞台をかけ下り、逃げ廻って、もう一度舞台へかけ上がろうとするが、その一歩手前で背中の辺が急にこそばゆくなったと思うとつかまってしまうのが常であった。横堀川の水の反射が天井にゆらゆらと揺れ、ときどきポンポン蒸気の音が川を下っていった。

ある日良ちゃんは、めずらしく絣の着物を着て一本の扇子を持って遊びにきた。

「今日は一ぺん、ほんまの狂言見せてやろ」

良ちゃんは扇子を持って突っ立ちながら真顔で言った。その姿がふっと私に「戻り橋」の渡辺の綱を連想させた。なぜかわからない。

「わたしは舞を見せたげる」

急に私はそう言うと良ちゃんの前に跪き、両手でうやうやしく扇子を受けとるしぐさをした。それは、そのまま人の稽古を見覚えの「戻り橋」の女のしぐさであった。が良ちゃんは扇子を渡そうとしないので、私はひったくるように奪い、絞りの着物の袖で抱いた。

「空も霞みて八重一重、桜狩するもろ人の……」

と、小さい声で唄って舞い、そこでさっと扇子を開こうとしたが、舞扇より幾分大き目のその扇子は、さっと都合よく開いてはくれなかった。やっと開いて眺めると、ずいぶん古びた汚ない扇子である。

「おい、こっちへかせ。ぼく狂言やる」

「いやよ、これからがええとこよ」

と私はつづけようとした。

「かせ言うたらかせッ」

と良ちゃんは力づくで取り返そうとし、私は奪われまいと揉み合ううちに、びりびりっと音がして、見ると古ぼけた扇子の折目が半分ほど裂けている。あっと思って良ちゃんの顔を見ると、もともとぴんと張った眉と目がいっそう引きつって、色白の丸顔にみるみる紅みがさしてきた。

「かんにん」

思わず叫んだ声が悲鳴に近かった。私は扇子をほうり出して逃げた。舞台をかけ廻りとび下りて畳の上を逃げ廻わった。追いかけてくる良ちゃんの気配は、いつもの「やるまいぞ、やるまいぞ」のときと違って殺気立っていた。

「かんにん」

今度は完全に泣き声であった。舞台へもう一度かけ上がったとき良ちゃんが後ろから組みついた。倒された私の上に馬乗りになった良ちゃんの顔が大江山の酒呑童子のように見えて私は震えた。頭や顔を叩かれたのか首を絞めつけられたのか覚えていないが、とにかく目茶苦茶な目にあわされるのを必死でもがいて二人でどっと畳の上にころがり落ちたとき、物音におどろいた女中が階下から駈け上がってきて、良ちゃんはやっと私から手を放した。私は寝ころがったまま、わあわあ手放しで泣きつづけたが、泣きながら目茶苦茶な目にあわされた後の快感にも似た虚脱感をおぼえ、そのことが妙に後々まで記憶に残った。

それから間もなく私と祖母は郊外へ越してゆき、茂山一家も京都へ移った。そうして両家の往き来は絶えたが、それでも年賀状の交換だけはつづいて十年余りの歳月が流れた。

私が女学校を出た年といえばちょうど大東亜戦争が始まった年だがその翌年、茂山家から一通の封書が届いた。良ちゃんが応召することになって、その送別の狂言の会が催されるというその招待状であった。

会の当日、その日はたしか、もう葉桜の影も濃い汗ばむような陽気だったと思うのに、能楽堂の観覧席に腰をかけた私の身体はなぜか小刻みに震え、やたらに襟をかき合わせていた。何番かの演しものの間の休憩時間に私は祖母と廊下へ出た。そのとき廊下の椅子にかけていた四十年配の、黒紋付の羽織をすらりと着こなした婦人が祖母を見つけてふいと立ち上がった。良ちゃんのお母さんであった。久々の挨拶やら何やらが長々と交わされたあと、良ちゃんのお母さんはにこにこと目を細めながら私を眺めて、

「ほんまに大きうなりはった。そいでもやっぱり幼な顔は残ってるもんや。ええ娘さんになりはって楽しみでんなあ」

と祖母に世間なみな挨拶をし、祖母もまた、

「いえもう、楽しみやら苦しみやらわかれしまへん」

と世間なみに答えていたが、その間私は、人の出入りのはげしい楽屋と思われるあたりが気になって落ちつかなかった。良ちゃんに会いたい、と思ったが、口にはできなかった。

いよいよ最後が良ちゃんの「釣狐」である。

当時まだ狂言というものについて知識の乏しかった私も、釣狐が秘伝の難曲もので、めったに演じられるものでないということだけは知っていたせいもあって、息をつめて良ちゃんの出を待った。

この釣狐という狂言は、罠によって自分の仲間をつぎつぎと猟師に捕えられている古狐が、その猟師の伯父の白蔵主という僧に化けて、猟師に殺生をやめさせようと説教をして帰る途中、不審に思った猟師の、再び仕掛けた罠にかかってしまう。ところが猟師に捕えられる直前に罠をはずして逃げてしまうという筋立てである。

白蔵主になって現われた良ちゃんの声は、面にこもって、青年とは思えぬおもおもしさでひびいた。古狐の化身という妖しさを、二十歳を過ぎたばかりのこの青年は必死で演じているのであろう。面のおとがいのあたりから、きらきらと汗の玉がしたたり落ちるのが、はっきりと見えた。

猟師を説いて帰る途中、少し気をゆるした古狐の白蔵主を待っていたのは、再び猟師が仕掛け

た罠であったが、それを罠と知って避けて通りながらも、好物の餌の臭いにつられ、次第次第に餌の誘惑にひきずられてゆき、ついに狐の正体を現わしてしまうその演技、せりふとしぐさの間髪を入れぬその呼吸、静寂をやぶって不意につらぬく狐の啼き声。狂言とは単なる滑稽劇と思いこんでいた浅薄な認識は完全にくつがえされ、私は異様な緊張感の中につつまれながら、深いところで大きく波うっている自分の心の昂ぶりを感じていた。戦地へ発っては再び生還が保証されない、この極限状況の中で、良ちゃんがみごとに演じぬいた芸の力に触れたのかも知れなかった。

舞台が終って、ざわざわと観客が席を立ちはじめても、私は急に立ち上がれなかった。良ちゃんが最後の姿を残した橋がかりのあたりを、大きな感動のあとの虚脱感の中で眺めながら、幼い頃の、あの目茶苦茶な目にあわされた日のことを、うっすらと思い出していた。あのときもそうだったが、今度もまた良ちゃんは、私を虚脱感におとし入れたまま、私の前から消えてゆくのだ、と思った。

その良ちゃんが、アッツ島で戦死したことを知ったのは、戦後二十四五年たってからのことである。

よく晴れた山中の日ざしの中でふとわれに返ると、あの釣狐の妖しさも、戦死した良ちゃんのことも、すべて夢ものがたりのような遠さにしりぞいてゆくようであった。

この山には事実古くから狐が棲みついていたらしいが、伝説では、高筑豊後守の枕許にあらわれた、この山に年古る白狐が、自分たちの眷族を大切にしてくれるよう懇願し、その代り豊後守一族を子々孫々まで守るであろうと云い残して消えたので、早朝早速ふれを出して狐の捕獲を禁止した。

ところがその後ある一人の家来の子の金右衛門、金左衛門の兄弟がそれぞれ家を出て、兄金右衛門は出家し、勝楽寺の住職となって白蔵主と名乗り、弟の金左衛門はもともと猟が好きだったので、猟師となって生計をたてた。その金左衛門が掟を犯してこの山の狐をとろうとし、白蔵主が何度も諫めても云うことを聞かなかった。

ある日金左衛門が狐罠を仕掛けてうかがっていたところ、やっと狐がかかったので、しめたと思って近づくと、俄かにあたりが日暮れのような暗さになって、そこに狐の姿はなく、四五日前から京へ上っているはずの兄の白蔵主が立っていた。しかし今頃白蔵主がこの山にいるはずがないので、きっと狐が化けたのだろうと思い、縛って連れて帰ると、一夜明けて案の定、白蔵主は狐の正体を現わした。

その後も金左衛門は狐の捕獲をやめなかったが、今度は豊後守の枕許に現われた白狐を捕えたいと、その機を狙っていた。

そんなある日、例の通り罠をかけてうかがっていると、白蔵主が現われた。また化けたかと思い、縛りあげて家へ連れて帰ったが、今度はいつまでたっても正体を現わさなかった。それもそのはずで、これはまことの白蔵主だったのである。金左衛門は今更のように殺生の罪のおそろしさを悟り、今、狐塚のある場所で、狐の霊を弔い、断食往生をとげたという。

方丈で、佐々木金実住職からこの話を聞いている私の視野に、ときどき、どこからともなく吹かれてくる落花が、古色を帯びた庭をひとしきり舞っては、池に散っていた。こういう現実ばなれのした話を聞くにはふさわしい、しんとした昼さがりの光景であった。

外へ出ると、もう汗のにじむような明るい日ざしがあった。

「あの山はこの辺ではじょんじょ山といいましてな、ちょうどあの麓のあたりが、近江猿楽の発祥地だといわれております」

老住職の指される方を見ると、うらうらと照る田圃のむこうに小高い丘があった。敏満寺に近いあたりであろう。

中世発達した猿楽の中に、古く平安朝の頃の、散更（さるごう）という滑稽を主とした芸の系統があって、これが農民娯楽と結びついたものが狂言だといわれている。農民たちが身近かな出来ごとや、権力者への諷刺、皮肉をこめて作りあげた滑稽な写実劇であり、それだけに当初は、庶民のエネルギーの結集したものであったろうと想像される。

うららかな丘をはるかに眺めながら、昔の農民たちが、圧政に苦しみ、貧にあえぎながらも、そうした暗さに屈せず、明るい民族芸能を育てていったことを、私は胸のあたたまる思いで考えていた。と同時に、そうした古い芸能を大切に守ろうとした一青年が、釣狐をみごとに演じたまま、戦地へ死ににいったきびしい現実をも、思わずにはいられなかった。私の胸の中で明暗が、不思議な綾をなして駈けめぐっていた。

―『咲く花散る花』所収―

未来へのいざない　——京のみ仏たち——

大原三千院への山路にさしかかって振りかえると、夜来の雨に濡れそぼつ敦賀街道のかなた、寂光院をふところに抱く翠黛山は、山ひだに深く霧をしずめて、夢のようにけぶっていた。まろやかな山々と、その麓に点在する、急勾配の厚みのある藁屋根の家々。建礼門院が寂光院のほとりの庵室で、阿弥陀如来像の手にかけられた五色の糸をにぎりしめながら悲運の生涯を閉じて以来、八百年近くの歳月を経たとは思えないくらいに、大原の自然は今も静かである。

三千院のあたりは当時魚山と呼ばれ、昔、唐へ渡って呂律の妙音を学んできた慈覚大師が声明念仏を起し、この地が梵唄声明（ぼんばいしょうみょう）、つまり仏教音楽の発祥地となって、快い声明の声が朝夕大原の里へ流れたと伝えられる。

建礼門院ならずとも、血なまぐさい修羅道の繰りかえしをまざまざと見て暮した当時の人々は、末法の世のおそろしさにふるえ、魚山から流れる声明念仏の声に耳を傾けて、その妙なる音調に陶酔しながら、完全なる世界といわれる西方浄土へ来迎弥陀三尊にみちびかれて往生する日のことを思いうかべて、そのことをのみただ一つの望みとして生きたことであろう。

厭離穢土、欣求浄土の思想を生んだ世の歴史は悲しいことにはちがいないが、しかしある意味からいえば、浄土の存在を信じることの出来た当時の人たちは、まだしも仕合わせといえるかも知れない。

現代に生きる人々は浄土の存在も弥陀の来迎も、浄土思想という一つの概念として認識しているばかりで、この世の醜さ恐ろしさを厭いながら浄土を信じることも出来ず、いたずらに無明の闇にさまよい、死の恐怖におののきつづけるのだ。

私自身、若い頃から仏教思想に興味をいだきながら浄土を信じることも出来ず、仏像に手を合わせるこころも起らなかったが、その私が二十年ばかり前、一つの奇妙な体験をした。

熱心なカトリック信者であった句友が、長い療養生活の果てに、いよいよ危篤に陥ったのを見舞ったことがあった。

彼は突然の見舞をうけてうれしかったのだろうか、目尻からひとしずくの涙を流したが、意識ははっきりしていて、いろいろと話をした。

彼はすでに死を覚悟し、終油の儀をうけたということであった。落ちついた口調で、口もとに笑みを浮かべながら話す彼の顔は、見るかげもなく痩せおとろえ、生けるキリストをさえ思わせたが、その面ざしからは、この世のものとは思われぬ一種の気が漂い、私自身も次第にその中に引きこまれてゆくような異様さを感じていた。鬼気というのは、このようなものではないかと思った。

この世とはちがう世界がどこかにある、この人はもうそこへ行っている——私は漂うような足どりで帰途についた。駅前の雑踏の中で目の前を行き交う人たちの群を、私は呆然と見つめていた。そのときの私の目には、それらがスクリーンに映る映像のように、実体のないものに見えた。私が今いるのは、ほんとうの世界ではないという気がした。まことの世界、たしかな世界がどこかにある、そんな思いで私はいつまでも立ちつくしていた。この世とはちがうどこかに、やはり多くの営みによる世界があるのではないか。私たちの毎日毎日は、ほんとうは実体のない影のようなものではないだろうか。私自身今までそれに気づかなかったのと同じように、みんなも気づかないで、影のようなむなしい営みをつづけているのではないか。そんな思いがしはじめて、私は自分自身が幻になってゆくような錯覚に陥った。錯覚ではなくそれがほんとうと思える妙な気持であった。それから二日後に、彼は息を引きとった。

そんなことがあってから、私は浄土というものを考えはじめた。そのとき思ったまことの世というものを、キリスト信者でない私は、神の国とは考えられなかった。それをこそ浄土というものではないだろうかと思った。この世を仮りの世とし、浄土をまことの世と観じた中世の浄土思想が、このときふっと身近かに感じられた。夕映にかがやくこんじきの西空を、憧憬のまなざしで仰ぐことが多くなった。定朝様式の阿弥陀如来像のひろやかな胸を瞼に浮かべて、日常の何でもないひととき、合掌している自分を見出だして、驚くことがたびたびあった。浄土の存在や来迎仏を信じるということとは少し別の意味で、私はいつか仏の世界へ向って歩いているようであった。

今、三千院への道をたどりながら、そうした自分の来し方を思い浮かべ、人と仏との出会いの不思議さを今更のように考えていた。人と仏との出会いも、人と人との出会いのように、いわば運命的なものといえるだろう。

三千院の門前のかぶさるような紅葉は、雨のために散りいそぐのであろうか、磴の上をうつくしく彩っていた。

来迎三尊を拝するのは、出来ることならほかの季節がのぞましいと思う。絢爛たる紅葉はうつくしいには違いないが、しずかに仏の世界を考えたいと思う日には、余りに強烈すぎて、かえって煩わしい。

そんな思いが天に通じたのであろうか、三千院の宸殿と往生極楽院をむすぶ瑠璃光庭の紅葉は、しずかに降りつづける雨と裏山から湧き移る霧の中で燻しをかけたようにけぶりながら、その燃えるような色をしずめていた。

海原を想わせる青苔のうねりの彼方、杉と楓の樹を通して柿葺の、ゆるやかな屋根の反りをもつ極楽院が、ひとしきり霧の中で現われては消え、消えては現われる。罪深い人間がこの世に生きながら求め、垣間見たと思えば又見失う仏の世界の象徴のように、それはやすらかな姿であった。

　この世に極楽浄土を再現したといわれる宇治平等院鳳凰堂は、その中に収められる、定朝の阿弥陀如来と一つになって、当時の人々の憧憬の中心となった。

　平等院は貴族頼通の建立によるだけに、贅をきわめ粋をつくし、絢爛の美によって浄土の荘厳を表現した建物であるが、それに比してこの極楽院は、藤原実衡の妻真如房尼が夫の菩提をとむらうために建てたといわれる、素朴なつつましやかな堂である。が、つつましやかであるだけに、完全なるやすらぎの世界としての浄土を、私たちに静かに語ってくれるような懐しさが感じられる。

　しかしこの極楽院のうすぐらい堂内に一歩足を踏み入れるとき、思いもよらぬ異様なななまましさがかぶさってくることに人々は意外な感じをもつであろう。このやすらかな建物がもつ雰囲気とは余りに不釣合のようだが、正面にまわってこの来迎三尊をしずかに拝すると、そのなまなましさは実は、俗に大和坐りといわれる、人間の正坐の形をとった、等身大よりやや大きい勢至、観音両菩薩のお姿からくるものであることに、ようやく思い当るのだ。

　肩から胸へかけての柔らかな厚み、肉づきゆたかな両足は正しく曲げられて膝は盛りあがり、やや開いた両膝の間は、垂れた衣文がうつくしい線を描いている。合掌の形をとった勢至菩薩と、きれいに揃えた両手の指に蓮台を捧げている観音菩薩のやや上体を前に傾けた姿勢は、その整った、静謐きわまりないお顔をのぞけば、あまりにも人間的なお姿である。

この両菩薩のお姿は、死者を来迎するため、これから浄土を発とうとしておられるお姿であるとも、又、死者の傍に着坐せられた瞬間のお姿であるとも云われているが、そうした意味はともかくとして、正坐してやや上体を曲げて合掌する、私たち人間の合掌の姿と全くおなじ形をとるこのお姿は、菩薩が仏の位置から見下ろされるのではなく、私たち人間と同じ位置に降りて来られ、私たちと同じ心で合掌し、蓮台を捧げて下さるような親しさがある。

菩薩とは、一方では如来になるため修行に励みながら、他方では大衆をみちびく仏であるといわれている。云いかえれば、如来よりも一歩人間に近い仏である。浄土で瞑想する阿弥陀如来は、人間界とは余りにかけはなれた存在だが、菩薩はもっと人間に近づいて下さる仏である。私たち人間は菩薩をなかだちとして如来のお膝にすがろうとする。祈りの深さによっては、菩薩は私たちの手のとどくところにまで近づいて下さるのだということを、この菩薩のお姿は端的にものがたっているようである。仏さまともあろう方が、人間と同じように敬虔な合掌をささげて蓮台へ死者を迎えて下さる、古えの人たちはそれを思うとき、ありがたさに随喜の涙を流したことであろう。

堂を出て正面にまわると、開かれた扉の奥に見える三尊仏の金色のお姿は、うすくらがりの中で、はるか遠ざかって見えた。今、身近かに拝してきたみ仏が、たちまち浄土にしりぞいてゆかれるようであった。傍で拝するよりも一層うつくしいお姿であった。勢至、観音両菩薩も、人間そのままのお姿から、今は本来の仏のお姿に還られたかのような尊さに見えた。三千院をつつむ呂川、律川の流れの音が、そのむかしの声明念仏の声のようにうっとりとするほど清らかな音をひびかせていた。

阿弥陀如来が、死後という未来彼岸の仏であるとすれば、弥勒菩薩は、五十六億七千万年ののちのこの世に出現されるという、未来此岸の仏である。

釈迦が入滅してのち五百年間を正法の時代、それにつづく千年間を像法の時代、そうしてそのあとは末法の時代とよばれ、これは永劫に近いほどつづくとされている。五十六億七千万年ののちのその闇の時代に出現して、無明にあえぐ大衆を救済して下さるのが弥勒さまで、それまでは兜率天で修行をされているといわれる菩薩である。

五十六億七千万年とは気が遠くなるような話だが、それでも古えの人たちはそれを信じ、死んで六道をさまよう身となっても弥勒さま出現のそのときに救済していただこうと、生前写経をして善根を積み、その証拠として経筒や経塚を残した。あるいは又出羽三山に残るミイラのように弥勒さまの世まで肉体をそのままの姿で残そうと徐々に食を断ち、最後は土深く穴を掘って入り、その中で念仏を唱えながら死ぬという、すさまじい情熱に生きた人たちもあった。末法の闇の世にあえぐ人たちは、西方浄土へ往生するか、弥勒の世に希望をつなぐか、その二つの道よりほかに救いはなかったのであろう。それほど大衆の仰望をあつめた弥勒菩薩はどのようなお顔をしておられるのであろう。太秦広隆寺へ、私の足は引きよせられるように向かっていった。

広隆寺の弥勒菩薩は余りにも有名である。半跏思惟像のうつくしいそのお姿は、写真ではすでに見なれたお姿である。が、やはり実際にこの目でしっかり拝したかった。

広隆寺は古くは蜂岡寺といわれ、聖徳太子からこの弥勒像を賜わった秦河勝が建立した寺といわれている。この寺には弥勒菩薩のほか、阿弥陀如来、不空羂索観音、十一面観音、千手観音等国宝の仏像がひしめいているが、やはりこの弥勒菩薩が中心的存在となっている。

十二神将、吉祥天、聖観音と、すぐれた仏像の前に一々足をとめて深く心を動かされていた私は、弥勒菩薩の前にきてそのお顔を拝したとき、思わず足が釘付けとなった。

かるく頬に当てた指のやさしさ、細い胴に見られる清浄感はいうまでもないが、お顔ににじみ出る人間性が、清浄な神秘性と溶け合って、そこにただよう不思議な魅力が、私の目をとらえて離さなかった。

やや上がりぎみの眉尻は長くおおらかに伸び、眉から細い鼻すじへかけての線は、飛鳥仏特有の理智と神秘をあらわしている。瞼のやわらかなふくらみは、ほのかな艶をただよわせ、その瞼から頬にかけての起伏と小さく緊まった口もとが、人をして永遠の微笑といわせるのであろうが、私には微笑へうつる一歩手前の、充実した瞬間の表情に見える。未来の世界を思惟する弥勒さまのそのお顔は、決して深刻な思索の表情ではなく、いうならば、心に描いた未来の世界の完成に、満足の笑みを洩らされようとする、その瞬間のお顔といえよう。いやしかし、それでも云い足りない何かが残る。そうした弥勒菩薩という仏の意味をはなれ、懼れをはばからずに云えば、これは、聡明で控え目なひとりの女人の、忘我、恍惚の表情の一瞬を、永遠に定着させた、みごとな像であるといいたい。この仏像を刻んだ人は、現実の女人のそうした表情の中に仏を見いだし、その感動に精魂こめて鑿（のみ）をふるったのではあるまいか。女人のその表情は、この仏がヤスパースをして驚歎せしめたように、地上的なものの最高に純化された美しさに通じるものがあったのであろう。

美の極致を示すものの前には、思わずひれ伏したいような、手を合わせたいような気持が起るものだが、私はこの弥勒菩薩の前に合掌しながら、にじみ出てくる涙をどうしようもなかった。今、この弥勒菩薩との出会いによって、私はとこしえの救いを得たかのような思いに満たされた。五十六億七千万年という未来永劫に近い年月を待つ必要はなかった。私にとってこの弥勒菩薩はたった今、兜率天から現世に姿をあらわして、救いを垂れて下さったのである。

満たされた思いで寺をあとにした私は大堰川のほとりへ出た。いつか雨はあがって、ときどき厚い雲の間から日が洩れた。対岸の嵐山の紅葉が、まだところどころうす靄を残しながらも、洩れ日の当るところは、鮮やかな色を見せている。

しずかに流れる川波を見ながら、私は今拝してきた弥勒菩薩の剝落した肌にうかぶ、うつくしい木目の線を思い出していた。川波の流れのようなうつくしい線であった。私たちには聞えないが、あの弥勒さまのお身体の中には、いつも澄んだ水音が奏でられているのではないだろうかと思った。

——『古都残照』所収——

竹のおきな

枕もと近くで、ほうほけきょう、という声が聞えた。夢の中の声と思っていたのが、そのあと続けざまに鳴き出したので、はっきりと目が覚めた。薄暗いスタンドの光で時計を見ると、五時半に近い。二月末では夜明けといってもまだ暗い時間であった。

ひととき途切れたのが又鳴き出した。鳴き方はまだ少しおぼつかないが、声はやわらかく艶を帯びていて、初音と呼ぶにふさわしいものであった。鶯の声で目が覚めるとは、何とうれしい住居だろうと思った。四年前の、はじめてこの竹園に移り住んだときのことである。

竹園はその名のように竹林の多いところである。竹の葉騒をふりかぶるような住居などといえば風雅な草庵を想わせるが、実際は竹山に喰い入るように建てられたマンションで、どの窓からも見える竹のみどりの明るさは大いにわたくしの心を慰めてくれて、現代の風雅とはこのようなものだろうかと思ったりした。

朝夕竹を見て暮らすうちに、千変万化する竹の葉の表情に心を奪われ、次第に竹がいきものの心として自分に迫ってくるように思われた。

雪の夜、雪を被た竹の一つ一つが大きくうなだれたまま、闇の中でぴたりと息をとめているのを見ると、心が重く、息苦しくてならなかった。翌朝雪がやんで、斜めに朝日を受けている竹を見たとき、ほっと息が出て、急に身体が軽くなったような気がした。もしこの竹が全部伐りとられる日が来たら、と思うとぞっとした。自分がずたずたになるような気がしたからである。

わたくしは完全に竹に振りまわされていた。今から思うと、何か竹の精気の妖しさの中につつまれていたようである。

しかし一年二年と経つうちにどうにか馴れて、こころ静かに竹の四季をたのしむゆとりが生まれてきた。

竹の秋というものを、ほんとうに知るようになったのもその頃であった。すでに枯色になった竹と、まだみどりの色を残すものとが混じりあって、雨の日などはそれぞれに濡れ色を深め、その侘びの風情に心を惹かれた。

その頃からはじまる竹落葉は四月から五月にかけて盛になり、風の日などは、激しく影のように降りつづける。ちょっと戸を細めに開けておくと、すかさずその隙間から畳へ散りこんできたりする。

竹の春は秋の季語になっているので、竹のもっとも美しい季節は秋だとばかり思いこんでいたが、そうでないことを知ったのもここに住んでからである。竹の葉が殆んど散りつくしたと思われる六月の末から七月の初めにかけて、竹林はみずみずしい澄んだみどりに蔽われ、竹の美しさはこの頃が頂点となる。

竹と共に暮らして四年、竹はわたくしにとって何だろうと考えてみるが、未だに何の答も出てこない。ここを生涯の住居と決めている限り、いつかはその答も出てくるだろうと、今は気長に考えている。

子供の頃、家に、竹と何人かの人を描いた土瓶があった。食事のたびにそれを見ながら何だろうと思って、ある日祖母に聞いた。

「これはなぁ、竹林の七賢人や」

「ちくりんのしちけんじん？」

「昔、支那に七人の偉い人が居てはってな、竹林の中でいろいろ話をしたり、遊んだりしてはったそうや」

ふうん、と聞きながら、なんで竹林の中で話をしはるのやろ、と思っていた。

成人してから中国の人たちが竹を愛し、竹によって超俗の心を養ったということを知るようになったが、竹林の中で清談を交わしたという七賢人は、それを物語る代表的なものだろう。古来多くの画家によって描かれている風狂の禅僧、寒山拾得も又、竹と無縁ではあるまい。

寒山拾得というと、わたくしは先頃亡くなった父のことをふと憶う。何年か前に、父がどこかの舞台で寒山拾得を演じたときの写真を、当時何かの雑誌で見たことがあった。八十才前後のときではないかと思う。そのときの父の顔を見て、はっとした。そのときの父の顔とその表情は、まさしく寒山拾得そのもののように見えた。つまり一切放下という顔であった。

そういえば、晩年の父はそのような顔をしていた。舞踊の家元としては異色と思えるほど、派手でも裕福でもなかったが、苦悶や寂寥の影は見られなかった。ずっと離れていて会う機会も少なかったので、父の心中は知らぬままに終わったが、諦観か解脱か、とにかく何かを乗りこえたような明るい顔をしていた。

昨年心不全で倒れ、入院したときは衰えきっていて、見舞に行ったわたくしの手を両手でさすりながら、「懐しいなぁ、懐しいなぁ」と泣いた父であったが、退院してからは明るい顔をして、いろいろ話をしてくれた。

今年の一月見舞ったときは、思いがけず寝たきりになって動けずにいた。よく眠っていたが、いかにも満ちたりた表情で、口もとから頬のあたりにかけて、微笑がただよっていた。目をさましたので、

「気持よろしいか」

と聞くと、

「ああ、ええ気持や」

と心からうれしそうに答えた。そのとき、あの寒山拾得のときと同じ顔だと思った。そして二月、

やはりそのような寝顔のままで、こときれた。
あの晩年の父を、一度この竹林に立たせてみたかった。脱俗に近づいたようなあの風貌は、きっと竹林に似合ったことだろう。わたくしはいま瞼にその姿を描きながら、ひそかに竹のおきな、と呟いてみるのである。

（一九八五・六）

―『櫟林のなかで』所収―

一点の曇りもなく無限に晴れわたったこころ、わたくしは今までに例えひとときでも、このようなこころを味わったことがあっただろうか。儀式は形式ではなかったのだ。儀式というものの持つ意味をはじめて知った思いで、本堂を出た。

逆修法号をうける話が出たのは、菩提寺にある先祖の墓が古るび、朽ちてしまいそうになってきたので、新しくその建碑を計画したときのことである。

「この際、あなたも法号を決めておいたらどうですか」

住職にそういわれて、自分の人生の後始末は、出来るだけ今のうちにしておきたいと思っていたわたくしは、そのことばに飛びつかんばかりの思いでお願いした。

「法号が決まりましたら、ちょっとした儀式がありますので来て下さい。日は追ってお知らせします」

「どんなことをするんでしょうか」

「いや、簡単な儀式です。生きているうちに法号をうけるということは、経文の上ではいろいろ意味があって、まあ一口にいうと、仏の世界にすでに一歩踏み入れたことになるので、今後は仏に仕えるこころで毎日を過ごすという、こころ構えが必要になってくる、それで〈おかみそり〉をする、つまり得度ということです」

　わたくしはそのことばを聞いて躍りあがった。仏に仕える日々、それはいつから望んでいたことだろう。出家得度ではないが、そんな生き方が出来るということは夢のようであった。

　そしてその日、簡単な儀式といわれたが、たった一人のわたくしのために、住職は紫衣に緋の袈裟をかけ、読経は荘重に、ながながと続いた。そうして最後に、仏前に坐って合掌するわたくしに、住職は三宝の剃刀をとって、一刀一礼の形で髪の上に置かれ、最後の剃刀はしたたかに押し当てられた。法号をしたためた紙を三宝にいだいて座に戻ったとき、例えようもない真澄の大空が、こころの中に展けていたのである。

　ふり返ってみて、わたくしがはじめて出離の思いを抱いたのは、二十八才のときであった。みずから命を断とうとして果せなかったとき、何の光も見出せぬこの世を生きてゆくには、仏門に入るより他にないと思い、由縁のある尼僧を嵯峨に訪ねて、その思いを打ち明けたことがあった。

「あなたはまだ若いのです。その思いを一生通しつづけられますか」

　そういわれてみると何とも返事が出来なかった。それより以前から仏教に惹かれていたのだが、その哲学的思想に興味をもっていたというのが本音で、果して信仰というものが出来るかどうか、自信はなかった。

「もう一年考えてみます。そうして決心がゆるがなかったら、お願いにまいります」

そういって尼僧と別れた。暗くなった道を渡月橋へ出ると、川上の方があかあかとしていた。よく見ると鵜飼がはじまっていて、その炎が闇の中にちらついているのであった。わたくしは橋の上で佇みながら、その炎をいつまでも見つめていた。今後自分のこころに、もしあのような炎がもえあがるときがあったとしたら、そのときは――と考えた。それを乗りこえて仏の道を歩めるだろうか、大きな後悔に身を責められるときがあるのではないか。一年たち、二年たち、とうとうわたくしはその後尼僧を訪ねなかった。

そんなことがあってのち、出離の思いを振りきるように俳句一途に歩みはじめた。俳句によって現実の一木一草に触れ、自然の相を観じ、巨大な宇宙のエネルギーを知るようになった。そして仏とはこのエネルギーをいうのだと思った。自然を身体を通して知り、真理への扉を一つ一つ開いて行きたいと思った。そのこころは結局、行であり、求道ではないか、わたくしはやはり俳句を通して仏を求めているのだと知った。そしてはじめて仏を信じるこころが生れてきたのである。

それから幾歳月、その間味わったさまざまの体験、挫折、苦悩が、幾度も出離の思いをゆさぶったが、その度に思いとどまった。齢を考えて今更という気持であった。そして最近ではすでに機を逸した、という諦めに変っていた。在家のままでもいいから、せめて死ぬまでには仏に仕えて過す日々がほしい、そんな思いがくすぶりつづけていた。法号をうけ〈おかみそり〉をいただくことは自分から願い出たのでなく、住職からの誘いであった。仏縁とはこのようなものをいうのではないか、わたくしが小躍りしたのも無理はない。「人間、やっぱり一度は狂わんと駄目ですなあ」座敷で向かい合って話していると、住職が突然いわれた。途端にわたくしは、うんうん、とうなづいていた。そうだ、狂うことを知らないということは不幸だ。そういう意味でわたくしは仕合わせだったのだなあ、と思った。しかし自分の狂った日は、もう過ぎていることを自覚していた。しかし、それでよいと思った。

外へ出ると、境内の百日紅が盛りであった。得度をうけると、水のような心境になるのではないかと思ったが、そうではなかった。自分の身体が、明るくやわらかい、無限の光につつまれている思いであった。そして今の自分のこころが、傍にひそかに咲いている木槿のやさしさよりも、百日紅の、力に満ちたうつくしさの方に惹かれていることに気づいた。生きる、ということが、ほのぼのとうれしかった。

（一九八七・八）

―『櫟林のなかで』所収―

三足の草鞋

〈二足の草鞋(わらじ)〉ということばがあるが、世の中には二足の草鞋どころか三足の草鞋をはいて、りっぱに功をなしている人がある。たとえば有馬朗人氏など俳人であると同時に原子物理学者として有名な人、参議院議員もつとめておられる。また、みずから三足の草鞋をはくといっている人に、大峯あきら氏がおられる。氏は僧侶であり、哲学者であり、俳人である。俳句という一足の草鞋をはくことに精いっぱいの私などにはこうした人に、まさに超人的なエネルギーを感じる。人並みはずれた脳の構造とエネルギーがなければ、二足の草鞋でさえ、はきかねるというのが普通であろう。

しかし世には器用な人というのがあって、右にあげた人たちと同列にはいえないが、けっこう二足や三足の草鞋をはく、とまでいえるかどうかわからないけれども、そんな人もいる。もちろんその三足のうち一足は家業であり、あとの二足は趣味といえるもの、そういう人は案外、現代では多いのではないか。しかしその趣味が趣味の域を出ないうちは、草鞋の中には数えにくいだろうが、ある程度それを脱している場合など、やはり草鞋の中に数えてもいいのではないかと思う。

自分の身内のことをいうのは気がひけるが、私の祖父がそのような人であった。本業の上方舞に打ちこみ、その稽古はきびしく、振付師としての新しい試みも評判をとり、ずいぶん多忙な毎日を送りながら、もともと絵が好きで四条派の手法を習得し、時間があれば絵筆をとっていたらしい。素人の域を脱したような作品も何点かあって、私は画幅にしてそれを大切に保存している。

また俳句もたしなんでいたが、若いころの私は祖父の遺したうちの数句を読んだだけで別に心を惹かれず、多く書き遺している句も読もうともしなかった。当時は発句といい俳諧といっていたが、私はそうしたものにあまり興味をもつことはできなかった。私が俳句をはじめたのは祖父の影響と思っている人が、私の昔の知り合いには多かったが、そうではなかったのである。

ところがその祖父のつくった和綴じの発句集が三冊ばかりあり、今度あらためてその本をひらいてみて驚いた。そこには一句一句墨書された句が並んでいて、全部で二万句近くがあったのである。祖父の師は楠蔭波鷗という宗匠であり、祖父はわが家を鶩集庵または狸隣窟と名づけ、名を氷紈（ひょうかん）または斜笠と号していたということも知った。

明治二十八年から昭和三年まで三十三年間の句は約二万句近く、毎日書きつけていたのだろうから駄句も多いだろうが、少しは佳句もあるだろう、などと不確かなことをいうのも、私には読めない字があまりに多いからである。せっかく祖父の句なのに読めないということは残念で、読めるものだけでも、ひまひまに書き写しておこうかと思っている。祖父の晩年のもので読める句の一部をあげてみる。

雪掃いてあるや訪ふ妹が門
勘当は表向きなり初袷
雨は夜に晴れたる谷や夏花つみ
朝の灯のすけてけやけし青簾
時鳥過ぎて金剛杖響く
夕汐の秋まだ暑き光かな
思切り笑うてみても秋の暮（病床にて）
湯上りの衣や新涼の肌ざはり
板屋根や一葉落ちたる夜の音
昼風呂をたてるも小春日和かな

祖父はこういう句も詠む人だったのかと、私はちょっと見直した気持ちであった。私の頭に昔からあった祖父の句は、いわゆる滑稽を主とした俳諧というものであった。自然に生まれでた滑稽はいいが、それを主眼としたものにはどうしても馴染めない私だったからである。

祖父は仲間をよんで家の二階で運座（句会）をしていたが、いつも夜であった。皆が集まってしばらく時間が経ってから、祖母が二階へ上がっていくのに私もついていった。祖母は菓子か何かを出しに行ったのかもしれない。祖母のうしろから部屋の様子を見た私は、あまり明るくない電灯の下に何人かの人がみな押し黙って俯いているのを見て、何か異様なものを感じていた。皆が句を考えている真っ最中だったのかもしれないが、その不思議な静けさは私の心に長く残っていた。

祖父は仲間の人と吟行（当時は何といったか知らないが）に行くこともしばしばあったらしい。祖父にすすめられて少し俳句をつくっていた祖母にも出るようにと祖父はそのたびに連れ出そうとしたらしいが、家事のこととか腹痛が起こったとか口実にして逃げていたということを、祖父の亡くなってからのち、祖母はよく話していた。あまり俳句が好きではなかったのかもしれない。そのくせ新年の会で、「箸とつて老いをわするる雑煮かな」と詠んで褒められたという話を、私は何度も聞かされた。

祖父の属していたのは正風だったということだが、芭蕉直系の俳風という誇りをもっていたのではないかと思われる。子規の出現、「ホトトギス」の人々を新派とよび、その運動を快く思っていなかった風が、発句集のところどころに書いた文章の中から感じられる。おそらく明治初期ごろの俳句界は、いわゆる新派旧派の混乱期だったことだろう。だから祖父の句も決して新しいとはいえないし、秀句といえるものがあったかどうか、それも疑問である。

ともあれ、二足や三足の草鞋をはく人の真似のできない私は、一足の草鞋だけでもしっかりと踏みしめて生きつづけたいが、その一足の草鞋でさえ、最近はどうやら大分擦り減ってきたような気がしてならない。

―『遥映』所収―

菅 楯彦筆　東横堀鶯集会初めの図

二代目楳茂都扇性筆　豆画帖より水鳥図

（いずれも大阪歴史博物館所蔵）

古九谷

讃岐の若い友人から、「金沢へ古九谷を見に行きませんか」と誘いの電話がかかったとき、私は二つ返事で承諾した。というのも写真でしか見ていない古九谷を一度直接見たいとかねがね思っていて、未だに果し得なかったからである。どちらも多忙の身で日帰りで行こうと、午前三時に家を出て来た彼女と新大阪で落ち合って金沢へ向った。

古九谷について私は今まで全くといっていいほど無知で、やきもの好きで今もっぱら古九谷に取り憑かれている彼女からの、聞きかじりの知識しかもっていなかったが、しかし古九谷では特に重厚で格調高く、しかもその図柄に現代的な感覚をもった青手と呼ばれるものに興味をもっていた。

石川県立美術館ではじめて見たそれは、写真で見るより一層重厚で力強かった。その殆どが平鉢だが、交趾三彩を倣ったといわれる紫・黄・緑の彩釉は暗色を帯び肉厚の感じで、木も葉も花も水も空もみなこの三彩に統一され、地肌もすべて塗りこめた手法がそのような感じを与えるのであろう。図柄は写実と装飾性が混然と溶けあい、中にはゴッホを思わせるような大胆で斬新なものもあり目を瞠った。また兼六園の松そのものを写したと思われる老松の、風格のある豪壮な図柄も人目を惹いた。彼女は「椿」の図柄の前でうごかなかったし、私は「桜花散文」の平鉢に吸いよせられていた。これは緑と紺青との二彩だが、深淵のような静けさと彩に、他の青手には見られぬ優しさがあった。

彼女は平鉢の地肌をうずめる青海波の文様には日本海の波音が秘められているし、小花でうずめた地肌の黄の釉薬は、仏の遍照をあらわしているのだといった。誰かから聞いた受け売りらしかったが、「ほんとうに波の音が聞えてくるような気がする」と、じっとその前で立ちつくしていた。

そうした感受の仕方は、おそらく鑑賞者の自在な想像によるものだと思うが、しかし、あるいはこれは事実かもしれないと思った。加賀に生れ、その地に住みついて黙々と絵付の仕事をしていた無名の男たちの身体の中には、日本海の荒波の音がこもっていたかもしれない。また一向一揆で有名な土地のことだから、仏の世界をいつも身近に感じていたことだろう。草も木も花も、あるいは山も川もその背後に仏の光なしには、その存在を考えることは出来なかったにちがいない。絵付師たちが無意識に行うその図柄や釉薬の色のえらび方に、その人たちの心というより身体にひそむ潜在感覚のようなものがあらわれてきたとしても不思議はない。

ふとわれに返って私は、青手ばかりでなく色絵の皿や鉢を見わたした。色絵の方はさまざまな彩が用いられて華やかだが、やや渋いいろが多く、色調は決して明るいものではなかった。やきものとは室を別にして加賀友禅が飾られていたが、京友禅を見なれた目には、これもまた渋く、格調は高いが沈んだものに見えた。そういえば古九谷の色絵も、京から仁清をまねいて学んだといわれているが、仁清に見られる澄んだ明るさとは別の、沈潜した重さとほの暗さがあった。古九谷ばかりではなく、加賀文化の特長のようなものが少しつかめたように私は思った。加賀百万石を象徴するような豪放で力強く、しかも格調あるさまざまの作品には、京文化のもつ、明るく優美で華やかな気品とは違った、何か沈んだ暗さのつきまとうことが心に残った。やはり北陸の文化だと思った。

そのとき私は、風土という言葉を思い出した。現代の九谷ではなく古九谷がよろこばれるのは、単に古いもの、稀少価値というばかりでなく、風土性が根強く作品にこもっているからであろう。ということは、その絵付師たちが心をこめて、自分に忠実に作品を仕上げていったからであろうが、それが彼ら自身それと気づくことなく、結果として自分の身体の中に沁みこんでしまった風土を一作一作にこめることになったのであろう。人間の外にある世界だけを風土と呼ぶのではあるまい。文学や芸術の世界で最も大切なのは、作者の内部にひそむ風土性であろう。そしてその風土性は、作者の意識を離れたときにこそ、最も美しく自然なあらわれ方をするのではないだろうか。

冷房の効いた帰途の列車内で、彼女は若い女性らしく、ヘッドホンで音楽をたのしんでいるようであった。リズムによる身体の揺れが、それを物語っていた。かるく目を閉じた彼女の顔は、待望の古九谷との出会いを果したせいか、実にすがすがしかった。列車は近江に入った時刻だが、もうすっかり暮れてしまった窓の外は野や山の黒い影が走っているだけであった。

——「麓」昭和五十六年創刊号——

私の生家

黒光りする八帖ほどの広さの舞台、そこが私の思い出の原点であった。それをかこむようにあった十二帖の畳の間に何人かが集まっていた。そうして三味線の音が流れていて、ときどき祖父(二代目扇性)の声が縫うように聞えてくる。大阪市東区博労町にあった家で、私の記憶のまっさきに現われるところである。祖父の声は静かであり、時折まじる祖母の発する稽古人への叱咤の声がかん高かった。私が自分の思い出の中で真っ先に浮かぶのはそうした景であるが、不思議に父や母の声や姿は浮かばない。今になって思い起してみると、それは当然のことで、その頃父と母とは離婚話が出ていて、余り二人は寄りつかなかったらしい。成人した私が考えてみると、それは当然なことだったろうと思う。

古い家に育った父が学校を出て世の中に出た頃、時代は大正に入り、新しいものをぐんぐん吸収していた時代であった。舞踊界も洋舞が盛んになりはじめたのは当然のことだろう。

宝塚に新しい舞踏の集団が出来、そこに教師として入った父は新しい舞踏作品を生み育ててゆくことに懸命であった。更にその作品の評価があがってゆくのを、父の父である二代目扇性は黙って見ていたらしいが、父の継母(つまり私の祖母)は見かねているようであったことを後年私は知った。

私の耳に残っている祖父の声はやさしく静かであったのに反し、祖母の声はかん高く、私はいつか祖母よりも祖父を慕うようになっていた。その祖父が昭和三年の夏、入浴中に意識を失い、それがきっかけとなって脳溢血と診断され寝たきりの生活になってしまったのであった。

新しいものには取りつけず祖父の芸のみを頼りにしていた祖母にとっては、こうした世の傾向をよろこぶことは出来なかった。

楳茂都流に旧派新派が出来ることなど考えることもなかっただろう。しかし時代の流れというものは致し方なく旧来のお弟子たちは父の新舞踏に流れるものは流れ、古来からの楳茂都流にとどまるものはとどまり、だから父も新旧両刀の使いわけもしていたようだったし、新舞踏の魅力と時代の流れというものにも取りつかれていたのではないかと思われる。そんな折り、一方祖父は寝たきりの生活となったまま昭和三年九月十四日、とうとう黄泉のみちに入ったのである。そのときの祖母の悲しみ方はたとえようもなかったらしく、当時まだ幼女だった私の手をひいて大泣きに泣きながら葬列のあとを駆けるようについてきたのを私は今日も自分の肌身にしかと覚えている。

しかし祖父とそのような別れ方をしながらもまだ当時の私には祖母や父の心も理解できなかったのは仕方のないことだとも思っている。

私は幼い頃、ごはんやお菜を箸にはさんで口へ入れるのと同じような感覚で、三味線の音色を聞きとめていたといえるだろう。それが四、五歳の頃の感じであった。表の格子戸を開ける音が次から次に聞える。もうそろそろ稽古のはじまる頃だなあと思うと家の中に活気が満ちてくる。私がこの世に生を享けて、まず身に覚えたのが、歌舞伎の若い俳優さん、それに芸妓さんたちが十二帖の稽古場を満たしはじめる、そうなってくると私の心も満たされてくるのだ。そして一日のはじまるのが、私の最も幼い頃の楽しい記憶だったのである。今は歌舞伎を見なくなってから七十年位経ったと思うが近頃非常に懐かしく思う。

―未発表―

平成二十年十月

鷲谷七菜子講演集

結社は生きていなければならない。いつもすこやかに息づいていていなければならない。わたくしたちは新鮮な自己の内部の声を聞かなければならない。そして一人一人にとっての生の鼓動が、そのまま作品につたわって来なければならない。

—昭和六十年「南風」創刊五〇〇号記念特集号—

内心の感

第十四回栃木県俳句作家協会総会記念講演要旨
56・9・6・栃木県青年会館

私は大阪生れの大阪育ち、昔は関東などはるかに遠いところで、ましてや下野の国など想像を超えた存在と思っておりましたが、縁あって初めて水沼三郎先生とお会いし、下野の住人にもこのようなスマートな優にやさしき句をつくる方がいらっしゃるのかとおどろきました。最近「南風」の支部の指導にご当地を訪れることが多くなるにつれて那須野に魅せられ、自分の中に潜みかくれていたあらあらしい血が甦るような気がしましたが、かつて大阪の枚方市の病院におられた平畑静塔先生がこちらへ移られて間もなく「アイヌの髭」（俳句狩猟論）をお書きになったことを思ったり、又私の先祖にあたる初代横綱明石志賀之助が、これは詳しい伝記は解らないんですけれども宇都宮藩士山内主膳の子だということは確かなようで、そんなことも手伝って、この地は大阪人の私にとっても決して無縁の地ではないような気がしております。

実は今日、どういうことをお話しすればよいか迷っておりましたところ、自分の俳句歴を通して日頃の俳句観を述べては、という助言をいただきましたので、その線に沿ってお話ししたいと思います。

私は昭和十七年「馬酔木」に入会いたしました。もともと祖父が俳句をたしなんでおりました関係で私も俳句というものに幼い頃から親近感をもち、女学生時代から作ったりしておりましたが、「馬酔木」入会のとき既に趣味という軽い気持でなく、これを生涯の友としたいという覚悟をもっておりましたのは、当時の家庭的な事情による欲求不満のはけ口と、若さによる情熱からではなかったかと思います。

当時の「馬酔木」は秋桜子先生がホトトギスから独立されて十年ばかりたった頃でした。秋桜子先生がホトトギスを離脱されると、当時ホトトギスの客観写生に不満をもっていた人たちがどっと集まって、たいへんな勢いで「馬酔木」が成長してきた時期だったのですが、私は他の人の奨めによったのではなく、秋桜子先生の句風に惹かれて自分の意思で入会しました。

秋桜子先生は短歌的抒情と明るい洋画風な句風で有名でしたが、やはり基本的な写生はやかましく言われました。私はその写生が不得手で甘ったるい抒情的な句を作って初めのうちは没ばかりでした。

戦後山口草堂先生にお会いし、「南風」が「馬酔木」の支部だった関係上「南風」の句会に出るようになりましたが、草堂先生のお話を伺っているうちに、何か「馬酔木」にはないものが感じられてきました。私は「馬酔木」の句が好きで入会したわけでしたが、「俳句を作ることによって自分の生きる意義が問い質されなければならない。ただ平凡な風景画的な俳句を作っているようでは、そこに何の生きる証しもないではないか」ということを草堂先生から教えられ、それからは自分の生きる意義と俳句との関連について考えるようになったのです。

作品を見ても秋桜子先生と草堂先生は反対の方向に向っていました。例を挙げると、秋桜子先生の句は、

啄木鳥や落葉をいそぐ牧の木々　秋桜子
葛飾や桃の籬も水田べり

という非常に明るい句で、悪くいう人は応接間の額縁の風景画ではないかといいますが、それは今だからいえることで、当時としては応接間にかける風景画的な俳句はそれまでに無くて、だから非常に新鮮に感じられました。

一方草堂先生の句は

霧の火口茫々と影のなきおのれ　草堂
涸瀧の落ちゆく末は風の音

という、非常に荘重なひびきを持つ句でした。

私が「馬酔木」の句から「南風」の句に惹かれていったのは、その美しさの質が異なっていたためだといえるでしょう。水原先生の句の美は完全に整った美しさですが、草堂先生の句は、そ

の反対の整っていない美、いわば欠けたる美とでもいうべきもので、私はその美にひかれていったのです。明るいものから暗いものへの移行です。やはり秋桜子門から出た加藤楸邨、石田波郷、それに中村草田男を加えて人間探求派と呼ばれていますが、それに対し自然のいのち、もののいのちを詠むという草堂先生は、自然探究、生命探究というべき方向といえると思います。

一般に誰かが一つの説をたてると、それに対してアンチテーゼが現われ、議論が熟して進歩してゆくという発展の仕方になりますがそれにあてはめて考えてみますと、水原先生の明るい句風に対して暗い句風が現われるのも当然で、ちょうど時代的にも戦中戦後の苦しい乱れた時代のためもあって、暗い句風が現われてきたのは社会的にもうなずけることといえるでしょう。

私がほんとうに「南風」で勉強しようと心を決めるようになったのは今申し上げたような経緯からでした。したがって私の句の方向づけは山口草堂によってなされたといえるでしょう。しかし今考えると私自身体質的に秋桜子的なものがあったのではないかと思われますが、それはともかくとして、私は先ほど水沼先生のご紹介の中にもありましたように、生い立ちにおいて家庭的な複雑さ、暗さがあったことも手伝って、世の中をおもしろくおかしく生きてゆくことに抵抗を感じていて、人間や自然について本当のことを知りたいという一途な気持を持ち続けていました。私にとって俳句というものは楽しみに作るというものではありませんでした。草堂先生の俳句に傾斜していったのはそのような気持があったからだと思います。

草堂先生は写生をきびしくいわれました。虚子先生に師事されたのではないかと思われるほど、写生をやかましくいわれました。しかし私は初めそのことがよく解りませんでした。どうしてそんなに写生をしなくてはならないのか、自分以外のものを描いたところで何にもならないではないか、俳句も文芸である限り、やはり自己表現がなされなくては駄目ではないか、もっと自分の気持を詠みたいと思ったことがたびたびでした。

俳句というものはたった五七五の短いものではありますが、作って作って、それを積み重ねているうちに、何とか俳句というものの性格がだんだん解ってくるものです。詩でも短歌でもない俳句そのものの本質は作りつづけているうちに解ってくるものであり、又最初から理解していると思っても、それは観念的な理解であってそれが実作に現われてくるには相当な時間を要するものです。私も初めは解らないままに、とにかく写生が出来るようにならねばと思って励みました。

写生、すなわちものを写すということは容易なことではありません。よほどものを見つめても、表面的にしか描くことはできません。いわんやもののいのちを摑もうとしても、なかなか摑めるものではありません。しかし何とかそれをやらなければと苦心惨憺して写生に取りくんだ時期の結集が、第二句集の『銃身』でした。『銃身』という句集名の由来は、句集中の、

行きずりの銃身の艶猟夫の眼

の句によったものです。これはこの時期の句作上の苦行の頂点を示したものと思い、その記念のためにもという気持で、女性の句集らしからぬ句集名でしたが、敢えて名づけました。

この句が出来ましたときは、自分では男のような句だと思いました。初期はおぼこ娘のような句を作っていたのがこう変ってきたのは、草堂先生のいわれる写生に徹しようと努力した結果だと思います。この句は写生句に腐心していたとき、たまたま湖北尾上にゆき猟人の宿に泊ったとき出来たものです。ところが後日、この句の批評がある雑誌に出まして、「この句は女の句だ。いかにも女らしい官能的なにおいがある」と書かれていて、びっくりしました。私自身、女を表わそうとか、女の気持を出そうとか全く考えていなかったのです。しかしその時、俳句に対して一つの眼が開けました。自分を表現しようとして詠まなくても、はっと心に触れたものを詠んだときに、既に自分があらわれているのだということです。写生というものは、ものを見ているつもりであるが、実はおのれ自身を見ていることなのだということが、ようやく解りかけたのです。

虚子の句やその他の、たとえば長谷川素逝の句などを見てもそうですが、そこには単に一時一時の浅い感情などではなく、全人間的なものの反映になっているのです。草堂先生の句に、

邯鄲の骸透くまで鳴きとほす　　草堂

というのがあります。邯鄲はルルル……ときれいな声で鳴きますが、なかなか切れ目がありませ

ん。いつ切れるか分らないように鳴きつづけますが、その声を聞いていると、何か、邯鄲が死んで骸になり、それでもまだ骸が透くまで鳴きとおすのではないかとさえ思われます。死ぬまで、いや死んでもまだ詠いつづけようとするような作者自身がそこに出ているのです。私は俳句を作るとき、はじめ、ものに語らせるということを教わり、その後はまた、ものと一体になれと教わりました。しかし今になって解るのですが、ものとの一体感ということは始めに意識したら駄目なので、滝なら滝を、邯鄲なら邯鄲を、自分のことを考えないでそれそのものを詠めば、無意識のうちに、そこに自分自身が宿っているのだということです。

その後の私の俳句形成の過程を考えますと、深く影響をうけた歴史上の人物が二人います。それは道元と世阿弥です。もちろん俳人として芭蕉を抜きにしては考えられませんし、私は芭蕉が大好きです。すぐれた人物には二通りあって、尊敬するだけでなく親しみを感じる場合と、近寄りがたい偉大さを感じる場合、この二つですが、私は芭蕉には非常に親しみを感じるんです。私はやはり歴史上の人物に恋人が二人あるんです。それは芭蕉と、もう一人は伝教大師、最澄なんですよ。芭蕉は俳句そのものの評価では蕪村に一歩譲るともいわれていますが、彼の非常に思索的な人生態度に魅かれるんです。そして亡くなる際にも〈旅に病んで夢は枯野をかけ廻る〉で悟りすましたところのないのが好きなんです。最後は俳句をつくろうとするそのことまで妄執だといって、それさえ捨てたいと思いながら捨てられなかった。一生涯迷いつづけながら終った人のような気がします。

これと逆に本当に悟ってしまったような人は尊敬はするが、親しみは持てない、そんな一人に道元があります。この人のきびしさは尋常一様ではなく、宗教家の中でも際立っているように思います。しかし道元の思想には驚歎しました。彼の『正法眼蔵』などは難解でよく読めませんが、少しずつ勉強しました。道元の時間論・空間論は実にすばらしいと思いました。西欧のハイデッガーなどより以前に、日本にこういう哲学者がいたのかとおどろきました。親しみをもてる人ではないが、実に偉大な人だと思いました。

道元の中の有名な言葉で、よく引合いに出される次のような言葉があります。

仏道をならふといふは自己をならふなり。
自己をならふといふは自己をわするるなり。
自己をわするるといふは万法に証せらるるなり。
万法に証せらるるといふは、自己の身心、および他己の身心をして脱落せしむるなり。

この仏道というところを、私は俳句に置き換えてみました。『銃身』の時期の、写生写生で、何とかものの生命を摑みたいと一生懸命になっていたことに疑問を感じはじめました。こういうものは自分から出かけていって自然の真髄を摑もうとしても摑めるものではないということが始めて解ったのです。自分で自然の生命を把握しようなど、大それたことを考えては駄目だ、それよりも自分を投げ出してしまうことだ、そしてもっと素直に自然そのものが自分の中に滲透してくるのを待とうではないか、「自己をはこびて万法を修証するを迷ひとす、万法すすみて自己を修証するはさとりなり」と同じく「現成公案」で道元がいっているのはこのことではないか、そう思うようになりました。そうすると少し句風が変ってきました。自分の見えるものを素直にそのまま描く、対象からくるものを受けとめるような気持で俳句にするように心掛けました。

ちょうどその頃世阿弥の言葉にもぶつかりました。私は能のことは余り詳しくは知りません。そのような者が世阿弥の言葉だけをあれこれ考えるのはよくないと思いますが、それにしても世阿弥の言葉には心惹かれるというか、考えさせられるものがあります。

大体私は、中世（平安時代後期～室町時代）という時代の文化に非常に魅力を感じるんです。それは思想的、哲学的なものを含んでいるからです。江戸時代に入るとそうしたものが薄れてしまって享楽的になり、おもしろくありません。中世という時代の文化には宗教の影響が非常に色濃くながれております。鎌倉時代は浄土教、室町時代は禅の、それぞれ強い影響をうけています。

江戸時代の三人の文学者、即ち松尾芭蕉、近松門左衛門、井原西鶴ですが、その中で最も近世的な町人文学は西鶴の作品です。芭蕉も西鶴も、もともと談林俳諧をやっていました。ここまでは二人とも同じなんですが、それからが違うのです。西鶴は談林の俳諧に何の疑問も感じないで、大矢数などどんどんやって、やがて散文に移りましたが、芭蕉は談林俳諧に疑問をもちました。仏頂和尚について禅をまなんだりしはじめてから次第に句が変ってきたんです。爛熟の元禄時代の人ではありますが、芭蕉は中世的な人だったと思います。芭蕉の言葉の一つ一つを考えても、それが感じられます。江戸時代の人にもかかわらず、芭蕉の文学は中世の文学といえると思うんです。談林までできて、いよいよ近世的になった俳諧が、芭蕉によって一つ前の時代に逆戻りした、そのことが反って俳諧を新しくしたともいえると私は思うんです。

近松はやはり近世の人です。町人文学、市民社会を代表するような作品をたくさん作っています。心中ものが多く、男と女が添いとげられなくなって死ににゆくわけですけれども、その死ぬ理由はたいていお金の問題なんです。極めて現実的な問題で、そこに江戸文学、町人文学の特徴があらわれています。お金につまって、そこに義理人情がからんで死ににゆくわけですが、その死にゆく先は浄土なんです。近松の作品に出てくる人物にとっては、この世は浮き世ではなくて憂き世で、仮りの世です。その点がいかにも中世的だと思います。近松は中世の尾を曳きずっているんです。その点芭蕉はまるまる中世に帰りました。先ほど私は芭蕉が好きだといいましたが、好きな理由はそういう点にもあるのです。

話を世阿弥に戻しましょう。

世阿弥の言葉のなかに「せぬひま」というのがあります。これは世阿弥が『風姿花伝』とか、老いてから世阿弥自身の芸の体得を基にして書いた『花鏡』に出てくる言葉です。世阿弥は三十八歳の時に書いた『風姿花伝』では、能役者は五十歳を過ぎたら、

せぬならでは手立てあるまじ

といっています、五十歳を過ぎた人が三十歳の人と同じ動きをしようとしたら全く見られない。五十歳の人には五十歳の人の芸がある。それは動作をだんだん少なくすることだ、それしか方法がないといっています。ところが、自分が五十歳を過ぎてその立場になると、

舞を舞ひやむひま、音曲を謡ひ止むところ、その外ことば物真似あらゆる品々のひまひまに、心を捨てずして用心をもつ内心なり。この内心の感、外に匂ひておもしろきなり。

といっています。一つの動作から次の動作に移る時間的空間的なあいだのことを「せぬひま」といっているのですが、その間は少し時間があるから、ちょっとひと休みしておいて、それから次の動作に移ろうというのでは駄目で、前の動作から次の動作に移るまで、たえず心をつなぐ——そこから匂い出るものが大切だといっているのです。これは世阿弥自身、その年齢になって初めて解ったことだと思います。

これを私はまた私流に俳句に結びつけて考えるのですが、私は昔は、これはこうだと全部いっ

てしまうものだと思っていたのです。しかしいいおおせて何かある、で、全部いってしまっては駄目なのだ、という俳句の常識とは別に、いわないところからひびいてくるものが大切なのではないかと思うようになりました。初心者の場合は何とかこれをあらわそうと、それだけで一生懸命になる。初学時代はそれでいいのですが、しかし、少し勉強して解って来るに従って捨てることを覚えてくるものです。これも要らない、この言葉は蛇足だ、これは無駄だとどんどん捨てていって、大事な言葉だけを残す。つまり出来るだけ単純化するのです。人に解らせようと喋らないで出来るだけ黙るんです。言葉から言葉へ移るその空間から作者の心が見えてくる、作者の世界がひびいてくるのではないか、そんなことを考えるようになりました。「内心の感」というのは、単に心に思っていることや感情ばかりでなく、もっと心の深いところに潜んでいるもの、自分自身にも気づかないものを含んでいるのではないかと思います。能の場合、老齢になって、だんだん舞の動作をすくなくしていって、といっても全然なくしてしまっては、もう能でも何でもないんで、動作を極限に切りつめて、「せぬひま」に心を匂わせる、これは俳句でも全く同じことではないかと思うのです。

最後に、これは俳句ではありませんが、極端に単純化された詩の例を申し上げて、話のしめくくりにしたいと思います。それは山村暮鳥の詩です。

私は若い頃、萩原朔太郎や大手拓次、そしてこの山村暮鳥の詩が好きでした。このうち朔太郎は非常に聴覚を大事にした人だと思います。聴覚による立体的なイメージも、いくつかの詩に見られますし、また詩の音楽性を強調したことも有名です。拓次はこれに対して異常なまでの嗅覚と、嗅覚的イメージをもった詩人だといわれておりますし、暮鳥は視覚のするどい人といわれ、三人三様の感覚的特質をもった詩人で、おもしろいと思います。

暮鳥は生涯を通して、その詩の思想や様式が大きく変化して、最後は東洋的諦観時代に入ったといわれています。様式もだんだん単純化して短くなり、晩年にはその極限に達していますが、その頃の作に次のような詩があります。

瞬間とは
かうもたふといものであらうか
一りんの朝顔よ
二日頃の月がでてゐる

朝顔がどのように咲いているとか、月がどのように見えているとかは全く説明していないんです。一りんの朝顔と二日頃の月、ただそれだけになって、他のものは一切作者の眼からは消えてしまっている、その瞬間——それは永劫に通じる瞬間です。だからとうといのです。私はこれは俳句だと思う。俳句とはそういうとうとい瞬間を捉えるものなのです。

例えば吟行に行っていろいろものを見て、あれを考えこれを考え、あれもいいたい、これもいいたいと心が乱れる。そういうときは、とうとい瞬間はないんです。ふっと心を惹かれるものがあって、それをじいっと見入っているうちに、もう外のものが見えなくなってしまう、そのものに、しんから取り憑かれてしまう。その瞬間のとうとさです。そこに永劫があるといえるのではないかと思うんです。

この詩は一切修飾もなく、ものの提示だけで終っています。俳句もそうありたいと思いますが、それはもう最後の境地でしょう。事実、暮鳥もこの詩を収めた詩集『雲』を脱稿して間もなく、四十一歳で世を去りました。だからその一歩手前でもいいんです。極度に単純化した俳句が作れるようになりたいというのが私の願いです。そのためには全身全霊でものに感応しなければならない。頭のよい人は、頭で非常に利口な句を作ってしまいますが、その場合は今いったような感応の仕方は出来ない、かえって頭は空ラにしてしまった方がいいのです。私は、自分の全身全霊で感応したものを単純に捉えた俳句をめざし、これを一生の課題として生きてゆきたいと思っております。ご静聴ありがとうございました。

――「南風」昭和五十七年一月号――

自作を語る

俳人協会夏期講座講演要旨
59・6・15・東京

毎年俳人協会賞の受賞者が自作を語るということになっておりますそうで、今年はわたしがお話しすることになったんですが、大体自作を語るということは非常にむつかしいことで、ほんとうは自分が語らない方がいいんです。今までにも句会で話したりすることがあったんです。するとそのあとで雑誌などでその句が批評されていまして、それを読むと、わたしがそれを作ったときの心持よりも一層深く鑑賞して頂いているということがあるんですね。しまった、黙っていればよかったと思うことがたびたびございました。だから自句自解ほど馬鹿げたことはないと思うんですけれど、まぁ今日は自作を語るということで、自句自解ということに捉われないで、その句の出来た動機とか、又わたしも句境や俳句観の変遷といったこともございましたので、一句一句についてそんなことにも触れながらお話し出来たらと思っております。

まず第一句集の『黄炎』の作品から取り上げたいと思いますが、これを出版しました頃は、ちょうどわたし病気をしておりまして、胸を病んでいたんです。結果的には早期発見で一年ほど自宅療養をしてやっと快方に向ったのですが、当時他にもいろいろの症状が出まして、「南風」の人たちが非常に心配して下さって、とにかくいつ死ぬか解らないから今のうちに出しておいてやろうということになったらしいんで、急速に話が進んだんです。それで売れるかどうか解らないので沢山刷らなかったところが、予想外にまたたく間に売り切れてしまいました。そんなことでご存じの方は少ないと思いますが、昭和五十六年に講談社から出ました『現代女流俳句全集』にはこの句集のうちから百句出ておりますので、それをお読みになった方はご存じだと思います。

これはわたしの第一句集で昭和十八年から同三十七年までの作品集なんですが、この前半は戦中戦後で、誰もがその日その日を生活とたたかいながら必死に暮していた頃です。俳句どころではない時代だったんですが、その中でわたしはなぜか、どうしても俳句を作りたかったのです。ところが家の事情で句会にも出られませんでしたし、何をどういう風に詠むのかさっぱり解らなかったんですが、乏しい財布の中から本を買って水原秋桜子という俳人の作品に魅かれ、「馬醉木」を買い、古本屋で歳時記や俳句に関した本を買って読み、俳句の友だちもなく、たった一人でこつこつと句を作っては投句していました。雑詠欄での上位の人たち、同人の人たちの作品がただ一つの句作の指標でしたから、わたしの句は遅々として伸びませんでした。今の人なら五年ぐらいで達するところを十年はかかったと思います。ですから『黄炎』のはじめの方の句は今見ると恥ずかしいような句ばかりで、やっとどうにか俳句らしいものになっているのは句集の終りの方です。皆さんのお手許にありますプリントの最初に書いてあります句、

野にて裂く封書一片曼珠沙華
灯に似たる女が去りて冬田なり
牡丹散るはるかより闇来つつあり

これらの句が、その後何とかご好評をいただく句になったわけでございますが、三句ともこの句集の終りの部分にある句なんです。

わたしが俳句をはじめたのは昭和十七年、その翌年の十八年の句から載せたのですが、当時わたしは満二十歳、その頃の句が第一頁に出ているんですが、そこに出ている句は、次の句です。

源氏よむ燭またたけり梅雨の雷
十六夜やちひさくなりし琴の爪

この二句のうち「十六夜や」の方が割にいろいろな方に取り上げられますが、わたしとしてはこの句は甘いという感じで、まだ「源氏よむ」の方が少しましじゃないかと思うんですが、これはどなたも取り上げて下さらない。

それはそれとして当時のわたしは、何というんでしょうか好くいえばうぶで、悪くいえば何もしらないぼんやりだったんです。そして俳句の上で自分を非常に美化して一幅の画に仕立てようとするところがあって、現実を踏まえるということを知らなかったんです。当時恋愛の句もよく詠みましたが、それも一つの演技のように自分を詠んだ風があって、ナルシシズムだということもよく言われました。今考えますと恋の句なら恋の句で、稲垣きくのさんのように、烈しく迫力のある句が出来なければ嘘だと思うんです。ところがわたしの句は気分でつくっている。あるいは想像でつくったりしている。だから相手が恋人でないときの句も恋の句と見られてしまうことがありました。たとえばわたしは生まれて間もない頃から父とずっと別れて暮しているんですが、その頃ときどき用で父に逢いに行くことがあったのです。そのときのいそいそと逢いにゆくところや、別れて帰りたくない気持を詠んだ句も恋の句と見られました。逢ったり別れたりが多いものですから、あんた一体何べん恋をしてるのやと言われたり（笑）、とにかく自己の美化や想像でつくるのですからみな恋の句と見られました。もっとも半分ぐらいはほんとうだったのですが（大笑）。

ところで「曼珠沙華」の句ですが、この句になるとこれを恋の句としても大分現実性が出てきたのではないかと思います。とにかく気分になってはいけない。俳句はムードでは駄目だ。あんたは写生ができていないと、大分草堂先生からしごかれまして、少しは変ってきたのではないかと思います。

次の「灯に似たる」と「牡丹散る」は飯田龍太先生が取り上げていて下さいまして、わたしもほんとうにうれしいんです。今考えますとこの二句のうち、「灯に似たる」が出来たときは多少意図的なものがあったと思います。蕭条とした冬田の畦を一人の女が歩いて行った、そのときだけ冬田が違ったものになっていた。女が去ってまた元の冬田になったという感じですね。つまり女は冬田にとって灯だったのではないかと、発想が先に組立てられていたように思います。その点「牡丹散る」の方はそうじゃなかったですね。たしか當麻寺に牡丹を見に行って、そのときは出来なかったんですが、後になってそのときの牡丹の美しさを思っているときに、ふっと出来た句です。「はるかより闇来つつあり」の闇は当時わたしのこころの中に潜在的にあった闇だったんじゃあないか、と今思うとそんな気がするんです。とにかくこうした句が出来はじめた頃から、俳句というものがどうやら解ってきたのだろうと思います。

咳暑し時の向ふに星ともり

次にこの句ですが、これは先ほど申しました病気で自宅療養していたときの句です。町中の狭い家で、庭というほどの庭もないところの小さく区切られたように見える空の星を見ていたんです。生死というものに向き合っていたせいかもしれませんが、その頃、非常に時というものについて考えておりました。一日は二十四時間という物理的な時間、それから主観的な時間、そして永劫という流れのない時間というものがある。何億光年という、気の遠くなるような時間を距てた星の光を今、見ているというこの不思議、永劫といったものが観念でなく、現実に身にひびいてくることに震えるような感激をおぼえました。真夏汗にまみれて咳き込む苦しさが教えてくれた時間だったといえるでしょうね。わたしはどうも人さまとは逆に生きているように思うんです。若いときずいぶんいろんなことがありましたし、こういう病気もしましたし、いつも死ということを考えていました。考えてみると小学生の頃から死とは何だろうなんて真剣に考えたりしたことがありますから少し異常だったんでしょうか。何かいつも死が前にあったんです。そして死から生を見るようになってきました。そういうことから時間というものに深く関心を持ちはじめたのかもしれません。だからしばらくはよく作品に時ということばが出てきたものですが、そのうちに時ということばが句の上に出てしまっては駄目なんだということが解ってきました。

滝となる前のしづけさ藤映す

これは『銃身』に入ってからの句なんですけれど、実は『黄炎』以後——この句に至るまでに、少し俳句に迷いが生じてきました。というのは草堂先生が、大体俳人というのは勉強もしないで俳句さえつくっていればいいと考えてる。大きな間違いだ。あんたも先ず詩を読みなさい、日本の詩も西欧の詩もいいものを読めばきっと何かが得られる。そういわれて手当り次第に読みだしたら、だんだん句が変っていって、急激に成績が落ちていったのです。今思うと多少サンボリズムの影響をうけた時期もあったと思います。象徴というものが洋の東西で相違があるということや、又俳句は広義の詩ではあっても狭義の詩とは一線を劃するものがあるということはずっと後に解ってきたことで、当時は何も解りませんでした。そして悩みと絶望の毎日だったのです。もう一度写生に帰ろうとすると、初歩のスケッチのような句になってしまう、しかしとにかく写生をやってみようと決心していろいろはじめた。「滝となる前」の句はその頃の作なんです。滝という動の姿の少し前の静ですね。そこに又これはおあつらえ向きのように藤が映っていたんです。これは実際の嘱目吟ですが、今でも愛着のある句なんです。その風景が何かわたしに通じるものがあるせいかもしれませんね。

行きずりの銃身の艶猟夫の眼

『銃身』は先ほど申しましたように初めの部分では大分迷いがありましたが、そのあとは大体写生で通したと思います。というのは写生というものの意味がようやく解ってきたのです。俳句は俳句であって短歌でも詩でもないんだと、自分という個人の感情なり想念は大切だが、それを述べては駄目なんだということですね。人間も又山河草木と同じ自然の中の存在で、それぞれの存在のいのちを把握すること、つまり生を写すということが写生なのだ、結局は生命の把握ということなんだと考えるようになって、やっと写生の意義が解るように思いました。それで写生に体当りしようと決心したのですが、写生ほどむつかしいものはありません。わたしはもともとそれが苦手で、どれほど苦労しても、これという句は出来なかったように思いますが、この「行きずりの」の句はこの時代の句を代表するものになったようです。写生は苦手でしたが、苦手なもの、自分とは異質なものに挑戦する一時期は大事だと思うのです。結局『銃身』の時代は師の草堂先生のあとを必死で蹤いていった時代と思いますが、これはわたしにとって非常に大切な時期だったと思っております。

この時代はよく一人で出かけました。山中を一人で歩いたこともよくありました。恐ろしいという気はもちろんありましたが、体当りでしたね。齢を重ねるようになってからは余り無謀なことをしなくなりましたが、しかし今でもまとまった作品を詠むときは一人で出かけます。一人でゆくと自然との対話が出来るんです。自然が向うから近づいてくれるんです。又自分の中でいろいろな思いをあたためることが出来るんです。多くの人とゆくと作品の練磨という点では最高なんですが、どうも自然がよそよそしい。一人でゆくのはいやだ、皆と一緒にゆくから楽しいという人が多いのですが、確かに楽しい、楽しすぎて句が出来ないんです。芭蕉も杜国と連れだって多少は浮かれごころに楽しく吉野へ行ったときは、余り句を残していませんね。わたしはやはり沈潜したこころに近づいてくるものを待ちたいんです。わたしは俳句をつくろうとつくるまいと、旅はやっぱり自然のことばを聞くためのものでありたいと思っております。

葬終へし箒の音や百日紅

『花寂び』からの句です。この句は読んだとおりの平明な句ですが、それまで葬り（はふり）の句は人の死を悼むこころから詠まないといけないものだと思っていたのが、ふと、死をつき放した詠み方があるのだということが解ってきた頃の作だったと思います。葬式が終ってその辺を掃除している箒の音を聞きながら、人は死んでしまったらもうそれでおしまいなんだな、という死のあっけなさですね。葬式のあとのからりとした空間からそんなものを感じたときの句です。

うぶうぶと瑠璃光如来ほととぎす

プリントには前書をつけるのを忘れていたのですが、これは宇陀の大蔵寺という寺の薬師如来を詠んだものです。大和は国のはじめ、宇陀は郡（こおり）のはじめと言われるように郡（こおり）という古い制度が最初にしかれた土地で、柿本人麻呂の〈ひむがしの野にかぎろひのたつ見えてかへりみすれば月かたぶきぬ〉の有名な歌で知られているところです。ここからまっすぐ南へゆくと吉野へ出るわけですが、大蔵寺はその道へ宇陀から少し行ったところにある真言宗の寺です。ここの本尊の薬師如来は立木仏で、おそらく地方仏師の作でしょうが、実に素朴で、お顔はふくよかでういういしく、胸から腹のあたりへ次第に少し張ったような、愛嬌のある感じで、わたしはこの仏さまが好きになりました。宇陀は薬草の里といわれ、現世利益のお薬師さまへの信仰が昔から厚かったのでしょう。お堂も平安期のもので木々の深い山にあって、その静けさも好きで、句の巧拙は別として自分で愛着のある句の一つです。

しんしんと桜が湧きぬ墓の闇

この句から『游影』の作品になるわけなんですけれども、これは解らないといわれる句の一つなんです。わたしは桜が好きで、しだれ桜の優美さや、素朴な山桜もそれぞれいいんだけれど、一般に俗っぽいとされる染井吉野も好きなんです。盛りの花の一つ一つを見ていると、都大路をゆく平安の乙女のような美しさをもっていますし、天候により時刻によって変幻自在な相貌を見せる、そういうところがおもしろいんです。この句、墓の闇に見る桜の不気味さをいいたかったのです。ある人に聞いたんですが、嵯峨を歩いていてまっくらな道に出たとき、向うの方に少しゆらゆらとする白い雲のようなものが見えて、何だろう、雲でも煙でもなく、どうやら桜らしいと思った。それから二三日して同じ所へさしかかって、その桜らしいものを探したんだそうです。昼間で殊にいい日和だったのにそのあたりには桜など何にもなくて、前に見たまっくらな所は墓地だった。それを知って何となくぞっとしたそうです。この句はその話にヒントを得た句のようで気がひけるのですが、桜がもっている一種の気味わるさみたいなものを詠みたかったのです。

火の山の鳴りゐるや冬しづかにて

これは初めて鹿児島へ行ったとき桜島を詠んだ句です。向うの人に聞いたのですが、ここを訪れる俳人に二通りあって、桜島はそこへ行かないでこちら（鹿児島）から見ている方がいいのだという人と、桜島はそこへ渡ってみないと駄目だという人の二通りです。わたしはやはりそこの土を踏んでみなければ、ほんとうの桜島を知ることは出来ないと思って渡りました。火山灰ですっかり駄目になった枇杷畠や、噴火のときに埋没した村の痕跡などを見て最後に熔岩原を歩いたんですが、ちょうど十二月の初め、雲間からときどき日が見える肌寒い日だったと思うんですが、そこを歩いていると、ごっごっごっという音が聞えるんです。下から響いてくる、つまり地鳴りですね。不気味でしたね。こういうときは気をつけないといけないそうです。ところが向うの方は他所の土地から来た人には桜島が噴火するところを見せたいという気持があるようで、その日も一発やってくれないか、一発やってくれないかと（笑）待っていたそうです。わたし達は鹿児島へ戻って午後句会をしたのですが、ちょうどそのとき一発やったんだそうです（笑）。熔岩原を歩いたときの地鳴りが前兆だったんですね。大地の底の巨大なエネルギーの鳴動を身体を通して知ったことはよかったと思います。冬という季節の大きな静寂の中で自然のいのちに触れることが出来た、その感動を句にしたかったのです。

むくつけき筍掘つて帰りけり

この句ですが、これは宇都宮で非常に大きな竹林と栗林とを持っておられる方のところへ参りまして、そのときの句なんです。竹というものは南国のものですから宇都宮にあるとは思っていなかったんですが、大体栃木県から福島県へかけての土地が竹の北限のようですね。このときはじめて筍を掘りました。あれはうまくやらないとすぐ折れるんですね。だからそこの持主のご主人にはじめ鍬を入れて半分ほど掘ってもらって、そのあとを掘り起したんです（笑）。それでも掘ったということになるので（笑）、満足しました。そのときおどろいたんです。筍がまっくろでつやつやしてるんです。わたしがいつも見ているのは嵯峨や長岡の筍で、これは皮がやわらかい薄い茶色なんです。後でわかったのですが、関西でも自然の竹藪に出てくる筍は黒いんですけれども、嵯峨や長岡の竹林は深く土を掘って肥料を入れ、充分な手入をしてある、それで違うんですね。そんなことで、そのときのいかにもたくましい、くろぐろとした筍に驚いて「むくつけき」といったのです。さすがは毛の国の筍だなぁと感心したんですね。ところがこの句、ただそれだけの句なんですが、不思議にいろいろな方がよく覚えて下さってるんです。ところが「むくつけき」の解釈がどうも男の方はちがうんですね。何だかわからないけれども、男の方はそれなりの感覚で受けとって、よろこんで下さっているようです（笑）。

けもの貌となりつつありぬ枯木鳶

枯木にとまっていてえものを見つけたときの鳶です。そのときの鳶の貌に、鳥ではなくてけもののような相がちらと見えたように思ったのです。これは鳥類と獣類の相似ですが、自然を見ているとよく間違うような相に出会うことがあります。古木の藤が大木に巻きついているさまや、大樹の走り根が大蛇などの生きものに見えるなどはよく見かける例ですが、この間ある山中を歩いていて非常に湿気の多いところでしたが、傍らに老樹の根のあらわになったようなのが、半分土にまみれながらありありと見えるんですね。根瘤のあるような、くねったような形でそれこそ生きもののように見えた。しかし樹根には違いないんです。ところが手で触れてみると樹根ではない、よく見ると岩なんです。根が朽ちて手触りが違うのかと思ったが、そうではなくて半ば風化した岩が土と苔で蔽われているんです。生きものか植物か鉱物か、ちょっと見ると区別がつかないまでになっている。それを見たとき、今までとは違った意味で自然をおそろしいと思いました。

精進の箸とつて夏深きかな

わたしは比叡山の無動寺へときどきお詣りをいたします。ここは千日回峯行者の根本道場ともいうべきところで、千日回峯を果し、大行満大阿闍梨となった方がお守りをしておられるところです。この時、雨後の霧の深い木立の谷にある堂で、白衣の阿闍梨さまの護摩行に参じて長時間不動真言を唱えたあと、玉照院での斎の座につらなったときの句です。一木一草の生命に合掌する千日回峯のこころは、すがすがしくわたしのこころの中に流れ、ここへおまいりしたときは、ようやく自分を取り戻せるような気持になるのです。

初期の『黄炎』の句集から今回の句集『游影』までの作品のうちほんの一部についてお話し申し上げましたが、抒情の時代から写生の時代を経まして、今では自然に対しても自分に対しても、あるがままのものを大切にその日その日のこころを詠みたいと思っております。人さまからどのように言われましても、自分は自分のものしか出来ないのだということがようやく解りました。そのどうにもならないところのものが、ほんとうは大切なのじゃないかと思っております。長時間ご静聴ありがとうございました。

——「南風」昭和六十一年一月号——

わが俳句を語る

朝日カルチャーセンター講演要旨
62・11・14・名古屋柳橋教室

今日は「自作について」というテーマでお話しすることになりましたが、実はこの間も大阪でそんな機会がございました。そのときは自作の推敲、成り立ちの過程などを主に、という注文だったのでそんな話をいたしましたが、どうも最近はそういうことが流行しているようでございます。出版物でも自句自解のものがよく売れるようですが、俳句人口が急増しました今日、そうしたものが喜ばれる傾向にあるようです。しかし昔は俳人が自句自解をするということは一つの恥のように思われておりました。つまり俳句は一旦発表してしまえば、もうこれは読者の手に渡してしまったもので、それを読者に自由に鑑賞、批評してもらう。それを作者自身が、あれはどういうときに、どんな気持でつくったとか、説明したり、弁解がましいことをいうということは、もっての外だったのです。だから私は今でも自句自解をするとき、やっぱり心にひっかかるものがある。この間の大阪での話も、それを聴いて下さった方は非常によく解った、よかったとよろこんで下さったのですが、私自身何となく後味がわるくて困りました。しかし今日は自句自解というものもある程度申し上げますが、余りそれにこだわらないで自分の常に考えていることなど、自由にお話ししたいと思います。

さきほども少し触れましたが、最近非常に俳句人口が増加した、それも女性の増え方がいちじるしい傾向にございます。それについて非常に悲観的な考え方の人と、これでいいじゃないかという人と、いろいろあるわけです。今日ご出席下さった方々を拝見しますと、まず半々か、少し女性の方が多いようですが、全体的にいって現在、俳句人口は圧倒的に女性が多い。私自身女ですから、もちろんこの傾向はうれしいと思います。が、どうも手放しでよろこぶ気になれない。なぜかといいますと、大体俳句というものの性質が男性的なものだと思うからなんですね。連句の発句が独立して俳句となった時点において、多分に自立性の強い、その一句だけでしっかりと立ち上がることが肝要になったのです。自立性といいますと、近ごろは女性の自立性が叫ばれて、どしどしりっぱな仕事をして独立する人も増えてきまして、女性の俳句人口が増えたということも、あるいはこうした独立性の強い五七五の最短定型詩に魅力を感じるような、昔のなよなよとした女性と違った人々が増えてきたせいか、つまり女性の質の変化ということも考えますが、しかし一般的にいって女性の自立化はどこまで進んでいるか、疑問に思うことがしばしばあります。経済的な自立ということをいうのでなく、性格的な面をいうのですが、その証拠に俳句をはじめると、たしかに真剣に一生けんめいにはなるのですが、いつも衆を共にしていたい、つまり皆と一緒でなければいやだ、吟行にも誰かに連れていってもらわなければいやだ、俳句も添削してもらうことばかり考えている、つまり人に頼っていなければいつも心配だという人が多い。これでは自立性があるとはいえないのです。また俳句そのものも叙情的、ムード的、懐古的なものが増え、投句していても一寸成績が落ちると、やめようかしらと、すぐいい出すのも女性に多いようです。そうした女性が俳句人口の大部分を占めると、どうなるかと思うのです。

そんなことから思い出したのですが、大分以前、知人から自分の娘の結婚相手に適当な人があったら紹介してくれと頼まれたことがあります。それでちょうど適わしい男性を紹介しようとしたのですが、その男性の趣味が読書と茶の湯だったのです。すると当の娘さんが、男のくせにお茶をやるような人はいやだと断ったんです。何をいってるんです、茶の湯というものは昔は男性のものだったんですよ、といったのですが、とうとう聞き入れてくれませんでした。茶の湯にどっと女性が増えてきたのは江戸末期頃からじゃないかと思うのですが、今ではとにかく女性全盛で、男性はかぞえるほどなので、茶の湯は女のものという印象が強いのですね。俳句もだんだん女性が増えて、百年ほど先になったら、あの人、男のくせに俳句をしてる、なんていう時代がくるんじゃないか（笑）、と思うとぞっとしてきますね。だからといって女性の方々に俳句をやめて下さいなんていいませんよ（笑）。もっと男性の方々に俳句をやろうという人が増えてほしいんです。ただ男の方は成人して社会人になると大変で、現代のような社会機構の中にあっては仕事以外のことで精神を集中するようなことが中々出来ない、殊に創り出してゆくというものはむつかしいでしょう。だから仕事以外は何も考えないようにして休みたい、電車の中でよく見かけるのですが、壮年の男性が読書をしていると思っていると漫画なんですね。これでは日本の将来が思いやられる、文化はどんどん低下してゆくんじゃないかという気がしてくるわけです。もっとほんとうの読書をしてほしいと思うんです。そんなことで俳句をやる男性が少なくなってくるんですが、これでは困るんです。今、私どもの「南風」では子供の俳句を募集しているんです。私一時、全国の学生俳句の選をしていたときがありましたが、小・中・高校生の中で小学生に一番いい俳句があるんです。中学生・高校生となると受験勉強も大変だし、俳句も上手につくろうという意識がはたらいてきて、どうもよくないんですが、小学生は無心で素直で、すばらしい直観力をもっていることがあるので、この時代にうんと俳句をつくらせるのがいいんじゃないかと思うんです。子供の時代に五七五の世界に充分馴染ませておくと、成人して中断の時期があったとしても、又何かの機会で復活するときに楽だと思うんです。そういう風にして俳句の世界から男性が消えないようにと願っているのです。

私が俳句を始めた頃は男性が殆どでした。大正の頃でしたか、ホトトギスで婦人俳句が提唱されてから女性も増えてきてはいましたが、それでも今から思えばずっと少ない数でした。男性の中で勉強していると、男性と女性の俳句の違いがよく解りました。私の句も何かにつけて気分的だ、写生が出来ていない、ものが見えていない、自己陶酔だ、きれいすぎると、さんざんいわれつづけてきました。しかし今考えると、そうした苦言を浴びながら勉強してきたことは仕合わせだったと思います。男性の中で鍛えられてきたことは恵まれていたと思います。男性の句の中に自分の句がまじっていると、はっきり欠点が解るのです。しかし今のように女性だけの句会が多くなってくると、その比較が出来ないで女性の句の中だけで良い句が褒められるということになってくるので、それは大変不幸なことだと思うのです。今、私は男性の中で鍛えられたと申しましたが、実際鍛えられたつもりなのですが、それでも今なお私の句は、ともすれば軟弱で美意識がはたらき過ぎると思っております。どうしてもそれを脱しきれないのは、やはり自分が女性だからで、本質的なものだから仕方がないではないか、と思うこともありますが、しかし今では、以前からも実はそう思っていましたが、男性のような句をつくろうというのではなく、女性を超えた句をつくりたい、又そうでなければならないのだと思っています。だからやはり、自分は女性だからこれでいいのだ、では女性を超える句はいつまで経っても出来ないと思うのです。昔、私の恩師草堂先生から、女性の句ではなく、女人の句をつくれ、と言われたのを覚えていますが、女人の句というのは結局女性を超える句ということだと思います。

　ところでこの辺で自分の作品についてお話ししたいと思いますが、どうもこんな話のあとでは言いにくいのですが仕方がありません。

遠き世に枢（くるる）をおとし露の堂

これは大和五条の栄山寺での作です。このお寺の八角円堂は藤原仲麻呂が父の菩提をとむらうために建てたお堂で、法隆寺の夢殿と並ぶといわれる八角円堂は国宝となっております。吊鐘も国宝で、銘文は菅原道真、その書は小野道風といわれています。この句は八角円堂を詠んだのですが、住職に案内されて真っ暗な堂の中に入りました。これは奈良時代のもので内部の暗さに目が馴れてきますと、内陣や天井に塗られた色彩もまだところどころに残っていて、創建当時の闇の中に身を置いているような感じでした。そして外へ出たとき、現実の自然に触れて我にかえったのですが、その堂をしめて住職が枢をおとしたとき、枢は昔の戸締りの道具の一つですが、それが締った音がしたとき、再び古えの世がそのまま堂の中にとじこめられたような気がしたのです。「露の堂」はこの場合、多分に象徴的な言葉となっています。

私は俳句のつくりはじめは叙情的なものをつくっていましたが、俳句はそれでは駄目なのだということを知り、写生の勉強をはじめたわけです。具体的なものを身体で感じとるために、よく視、よくそれを知らねばならないのだということが解ってきたのです。自分が心を動かされるものをよく知ること、これは人間でも同じですね。いい人だなと思う人、心を惹かれる人のことは、やはり深く知りたいと思う、それと同じですね。その心を知りたい、いのちに触れたい、その気持を人間だけでなく、自然にも向けることですね。そしてその感動をあらわしたいのですが、写生をしていると、ただのスケッチで自分の心が出ないし、心をあらわそうとすると写生がおろそかになる。

万葉集と古今集や新古今集などの比較がよく論ぜられ、万葉集の方が良いという人、いや古今、新古今がすぐれているという人、いつもよく論が分れるところです。万葉集には現実の自然の息づきがよくあらわれている作が多く、当時の純粋な人たちの心に、洗われたように自然の生命感が映っていたことが解ります。古今、新古今となってくると作者自身の心が重視され、その心理や思想が深く掘り下げられてきましたが、その反面自然は、古人の詠んだ自然をそのまま踏襲し、現実からだんだん退いたものになってきました。万葉の人たちのように純粋な心で自然を詠むと共に、その後の歌詠みのように心も大切にしたい、しかしこれはむつかしいことだなぁ、殊に俳句では、などと悩みながら写生の勉強をつづけていました。しかし具体的なものを大切にしながら、少しでも自分の感動や思いを何とか表現してゆきたいと思いつづけて、少しでもそんな句が出来ればと考えていた頃の作です。

たかぶりの水を見せずに春の山

別に自解するような句ではありませんが、私の好きな茅吹きの頃の山へ入っていったとき、急流の激しい水音を聞いたのです。どこを流れているのだろうと探したのですが、そこからは見えませんでした。「春の山」というやさしさの中に、こんな激しさが隠れていたのか、という驚きと、そうしたものを抱きながらそれを見せていない「春の山」というものに魅力を感じたのです。

秋潮の音聲（おんじやう）こもる窟かな

岩の突き出た海辺によく見かける洞窟ですが、その中に打ちよせた浪が、ごうごうと谺している情景です。秋も深くなった頃でしたが、その中から聞える浪の谺が何か暗いものに聞えてきました。「浪音こもる」ではただの描写に終って、自分の感じた何ともいいようのない暗さは出ません。悲しみや怨みのこもったような暗さ、そう思ったとき、「音聲」という言葉が浮かびました。「音聲」は仏教的にいえば音聲菩薩とかいう言葉もあって妙なる音楽を意味するようですが、ほかに人声という意味もあります。私は人間だけでなく生きとし生けるものの声の意味で用いましたが更に、「オンジョウ」というOの母音の多い言葉のもつ重さ、暗さといったものが、役に立ったのではないかと思っております。

開けはなつ閾（しきゐ）の艶の夏祭

私が昔住んでいた家もそうだったのですが、昔の町家はみなよく掃除がゆきとどいて、敷居などもよく拭きこまれていたものです。家も古くなると敷居がすりへってきて、しかしぴかぴかしている。「夏祭」といえば大阪の私などはまず天神祭を想うのですが、その古い歴史の夏祭になると、必然的に古い町家が浮かび、こうした句をつくったのです。私は行事の句が得意ではありません。行事の句はよほどうまくやらないと、その行事の説明や報告に終りやすいからです。そんな意味で祭といってもその行事に関係のない町家のたたずまいといったものを詠んでみました。

木々は息深めて星の契かな

こういう句になってくると、さきほどお話ししたようなことが自分にはね返ってきて、何となく具合のわるい気がしてきます。やはり女の句ですね、これは。実は七夕のことを「星の契」ともいうのだということが解って、その言葉に惚れこんでつくったというのが実状です。七夕の夜はやっぱりよく晴れて牽牛・織女の二星の逢瀬を果してやりたい、そして夜空を仰ぎながら息をつめて天の川を見守るのですが、木々も又、息を深めて二つの星を祝福することだろうといった句。やっぱり女の甘さが出ていますね。こうした話をしているとだんだん空しくなってきます（笑）。

忌み明や花咲きそろひ冷えそろひ

二年前の二月は八十九歳の父を、そして同年三月には八十八歳の恩師草堂先生を相次いでうしないました。私の家庭環境は複雑で、幼いときからずっと父を慕いながら別居という形がつづいておりましたが、その代りといってもいいように、草堂先生はいつも傍で私の面倒をよく見て下さって、俳句の上で育てて頂きました。二人とも老齢だから仕方のないことですが、身近な人を亡くしてみると、やはり理窟では割りきれない悲しみをおぼえました。殊に父の場合は慕いながら逢うこともままならぬ事情にありましたので、葬儀の頃はそれほどでもなかったのですが、そのあとしばらくして何気なく机の前で坐っていたとき、父はこの地球上の世界のすみずみまで探しても、どこにもいないのだと思ったとき、亡くなる、ということはそのまま無くなるということなのだということが、実感として突き上げました。そのうちに二人の忌明けとなったとき、いつか世の中は花の盛りになっていました。しかしどの花を見ても私にはすべて、ひえびえとしか映りませんでした。作品は相当年月を置かないと自分で評価出来ませんので、この句も今は近作のうちに入りますから何ともいえませんが、今ではやはり残したいと思っております。

自作はやっぱりどうも弁解めいたことが多くなってきますので、ほかにもいろいろ用意してきたのですが、もうこれ以上空しくなるのはいやですから、やめることにします（大笑）。

はじめに言ったことに関連しますが、女性が俳句をつくるには「雄ごころ」といったものが必要ではないかと思うのです。本質的には女だけれども、「雄ごころ」をもつことによって女を超えることが出来るのではないかと思うんですね。昔からの女流俳人で名の残っている人の作品を読んだり、その伝記を読んだりしますと、やはりどこかそうしたものを持っていますね。

江戸時代の女流に限っていえば、誰でも知っているのは加賀の千代女、この人の句は伝説が多くてどれがほんとうの千代女の句か解らないそうですが、一番よく知られているのは〈朝顔に釣瓶とられてもらひ水〉ですね。これは俳句をつくらない人の方によく解るといった句で、こんな句から通俗的な俳人といわれるようになりました。千代女が後年自筆で書いたのによると「朝顔や」となっているそうです。〈朝顔やつるべとられてもらひ水〉まだこの方がましだろうと思いますが、それにしても大したことはありません。この人の句で私がうまいと思うのは、次の句です。

落鮎や日に〳〵水のおそろしき　千代女

「おそろしき」という言葉を使っているあたり、やはり女流といえるでしょうが、この句には落鮎の頃の、秋冷のきわまった谿の感じ、そうした自然が手づよく詠まれています。

それから私の好きな女流といいますと、江戸中期になりますか、榎本星布という人です。この人は清澄で格調の高い句をつくった加舎白雄という人のお弟子です。それだけにこの人の句もしっかりとした格調をもっています。

砂ふるふ髪すぢふとし負角力　星布

これは角力が季語になっています。負けて土俵にころび、砂をかぶった。立ちあがってその砂をふるっている髪すじが太いというんですね。見たままの平明な句で、それなら誰でもつくれそうだと思うでしょうが、この着眼は女の人と思えません。しっかりしたものを持っています。又こんな句もあります。

ゆく春や蓬が中の人の骨　　星布

この時代にはひどい飢饉があって、これはあるいは実景なのかもしれませんが、大ていの女性なら気味わるがって句にしようとしないでしょうが、この人はそのすさまじさから目をそむけないで、対象をしっかりと見ています。このほかの女流では芭蕉の弟子の園女だとか、其角の弟子の秋色女だとか、いずれもなかなかしっかりしたところのある、中には男まさりの人もいたようです。やっぱり雄ごころというものは大事だと思うんです。

私はそういうことを考えながら今日まで来たつもりなのですが、なかなかそうした句は出来ない、出来ないけれども、いつもこれではいけない、これでは駄目だと思いながら少しずつ自分を変えてゆこうという気持でやってきました。ところが最近どうもそれが出来なくなって来たのです。非常に多忙になってきて、自分の作句に集中する時間がなくなってきたのだとか、言いたくはないけれどもやっぱり年齢というもののせいだろうかとか、そんな理由づけをすることは間違っていると自省するのですが、なぜか今までのようにはつくれなくなってきたのは事実です。しかしそれはそれなりに、やはり自分で納得のゆく句をつくらないと、今までやってきた甲斐がないわけです。ただこれからは人に見せようとする句でなく、自分自身の心に問いかける気持でつくりたいという考え方になってきておりますが、そういう気持になったのは実は最澄の書に深く心をうたれているからなんです。

よく比べられるのですが、空海の書と最澄の書についてのことなんですね。空海の書も、最澄の書も、これはどちらも名筆として残っておりますが、殊に空海は平安期の三筆と讃えられましたが、それほど書は実にすばらしいですね。空海は始めて密教を持ち帰って高野山を開いたというだけでなく、いろいろなことが出来た人です。今でいえばスーパーマンですね。りっぱな人だったと思います。しかし最澄の書というのはちょっと違うんですね。空海と同じく基本に王羲之を学んだといわれますが、りっぱという感じより高雅で清らかで、何かひしひしと心にひびいてくるものを感じるんです。空海の書は芸術性にあふれており、最澄の書は人に見せる芸術というものを離れて、求道者としての純粋性が自然ににじみ出ている書といえるでしょう。非常に澄んだひびきがそこから感じられる、最澄という名前から澄んでますからねぇ（笑）。最も澄むという名前のように、その書から清冽な水のひびきが聞えてくるような気がするのです。私は今の自分を考えると、とても芸術的な香気の高い句はつくれない、これからは最澄の書のような、人に見せる、認められようとする句でなく、自分に忠実に、自分という人間が、おのずからにじみ出るような句がつくれたらと思うんです。

私が最澄に魅かれるようになったのは、その書からといっても過言ではないんですが、それからというもの、よく比叡山に行くようになりました。今でも無動寺谷の明王堂へはたびたびお詣りいたします。ここは千日回峯行の中心になるところです。ここでは一日回峯、正しくは三塔巡拝といって一般の人たちの参加できる日があるのです。午前二時から出て三十キロを歩くのです。その道を聞きますと、無動寺を出て根本中堂からはじまり、西塔へ出て横川に行き、坂本へ下ってそこから無動寺に戻るということで、その道なら私が昔、俳句をつくるために一人で歩いたことがある。今度出しました『古都残照』に書いたのはそのときのことですが、それなら何とか歩けるのではないかと、思い切って参加したのです。阿闍梨さまが先導して下さって真っ暗な山中を不動の真言を唱えながら歩くのですが、あいにくその日は大雨でした。この日は阿闍梨さまはご自分の速度ではなく、一般の人に合わせて歩いて下さるのですが、それでも私は横川から坂本へ下るあたりになって、だんだん後れてきました。しかし自分のペースで歩くことは出来ないんです。前の人との間隔をあけないで下さいといわれる。夜明けの時間になっているんですが、雨だからまだ暗いんです。懐中電灯の光で歩くのですが、杉谷の行者道を走りづめに走って下りながら前の人を見失ってしまいました。途中で径が二つに分れている、どちらへ行ったらいいのか解らない。うしろの人が左の方ですよと教えてくれてその径を走ってゆくと、向うの闇の中から

「ナーマクサーマンダーバーサラナン」と真言の声がひびいてきました。ああこの径で間違いないと走りましたが、私たちに方向を知らせると共に私たちを守って下さる声だと知りました。お互いに拝み合う心を教わったような気がしました。大雨の中、身体の中まで雨がしみこんだような重さを感じながら必死の思いで歩いた一日回峯、いろいろのことを教わったようで貴重な体験をいたしました。密教が比叡山に根づいたのは最澄の死後ですが、私はそんな体験をしてのち、いよいよ最澄に傾倒するようになりました。少しでも最澄のことを知りたいと本を読んだり、講義を聴きに行ったりしておりますが、その人となりや生き方は私の望む方向とかさなっているような気がしてなりません。今、人生の師といえる人を一人挙げよといわれたら、私は迷うことなく最澄と答えるでしょう。同時に俳人として第一の師といえる人を聞かれたら、これは常識的な答えといえるでしょうが、やはり芭蕉を挙げたいと思います。

芭蕉の作品はやはりまだ中世の翳を深く背負ったところがあり、現代の私たちの俳句とは質の違いがありますが、しかしやはりすぐれた句を残していると思います。それと共に私が深く尊敬するのはその生き方です。作品にも生き方にも、芭蕉はただ現前のものを見ていたのではなく、その背後の大きな世界を見ていました。生活を例にとれば、江戸に上り日本橋あたりに住みついて、談林のホープとして名が知られはじめ、弟子がどんどん増えはじめたとき、そのままそこに定住していたら、宗匠としてゆたかな生活も出来たでしょう。しかし芭蕉は点者をきらった。そしてすべてを振りすてて深川へ移ったのです。これはなかなか出来ることではありません。出来ないことを芭蕉はしてのける人なんです。それをやってのけた芭蕉というのはやはり偉い人だと思います。日本橋に定住して大宗匠となっていたら、芭蕉という存在はありませんよ。

蕪村という人は、私は昔から好きだったんです。その頃私の句は蕪村に共通したものがあるとよく言われました。〈牡丹散つて打ちかさなりぬ二三片〉とか、〈ゆく春やおもたき琵琶の抱きごころ〉とか、こうした美意識や情感は私の好みにぴったりなんです。ということは質的に共通したものが私にあったのかも知れません。しかし蕪村は私たちと余り変らない生活をし、余り変らない態度で俳句をつくっていたと思うんです。だから非常に親しみが持てる、親しみは持てるんだけれども、ちょっと喰い足りないものがあるんですね。蕪村は画家でしたから、やはり現前のものだけを見ていた人ではないと思うんですけれども、やはり俗から離れきれなかった。蕪村は俗にあって非俗をのぞんでいた人で、芭蕉は非俗の生き方をして俗を懐かしんだ人といわれますが、俗を懐かしむ気持なんて、いいですねえ。俗にまみれっぱなしの私たちは、なかなかそんな気持はもてませんよ。それが出来た俳人というのは、やはり芭蕉だけですよ。その意味で俳人として師表にあげたい人となると、やはり芭蕉となってくるのです。

人生の師として最澄を仰ぎ、俳人としては芭蕉を第一の師と仰ぎながら今後も私は、いのちある限り俳句をつづけて行きたいと思います。しかし人生の持ち時間もだんだん少なくなり、名句を残せる自信はありません。ただ私は、たった一句でよいから皆さん方の胸に残る句が出来たら、と思っております。残す句が目的ではありません。私は自分のためにつくるのです。そして自分に納得のゆく句が出来たらと思うのです。しかしそれが結果として、一句でも皆さんの心に残れば、と思うのです。一句でいいのです。それ以上は望みません。今日の話も何だかとりとめのないものになりましたが、そのうちの何か一つ皆さんの胸に残るものがあればと思っております。ご静聴ありがとうございました。

――「南風」昭和六十三年一月号――

俳句に求めるもの

俳人協会創立三十周年記念栃木県俳句大会講演要旨
H3・2・17・足利市

足利市というところへ今日私は始めて伺ったのでございますが、お聞きしますと市制になって七十周年という、今年は記念すべき年なのでございますね。俳人協会創立三十周年記念と重なってのこういうときにお話しさせて頂くことになりまして一応〈俳句に求めるもの〉というような題を決めさせて頂きましたが、果してそれに添う話が出来ますかどうか、ともかく普段考えておりますことを申し上げてみたいと思います。

私は昨年から少し体調をくずしまして、人間やはり六十代の後半にさしかかると、老の坂を下ってゆく早さがはっきり感じられるものだなあと思いました。年齢のことは考えるなという人もありますが、私はちょっとした病気ぐらいはして、ときどき年齢のことを考えるのもいいんじゃないかと、逆にそんなことを考えるのです。これはうかうかしていられない、今のうちにやるべきことはやっておかないといけないという意識をもつことも大事じゃないかと思うんです。つまり、立ち止まって考えるとき、というものは必要だということですね。

俳句のことを考えるときも同じようなことがいえると思うんです。私ばかりでなく長い間俳句をつづけてきた人たち皆そうじゃあないかと思いますが、俳句はこういうものだと信じて無我夢中で突き進んでいたけれど、果してこれでいいのかと考えてみるときがあるものです。そんなときにふっと今まで見えなかったことが解ってくることもあり、逆に時代の風潮に目移りして迷いが出ることもあります。しかしそんな風に少し立ち止まって考えることの繰り返しの中で少しずつ自分自身の俳句というものを確かめて行くことが出来る、ともいえると思うんです。俳句というものは個人の中でも又時代の中でも、いつも少しずつ、時によっては大きく揺れ動きながら流れてゆくものです。芭蕉を考えてみましても、談林から次第に目覚めていって、一口でいえば芭蕉自身の中に深められていった思想性が大きく作品の中に影響を与えていったと思うんです。芭蕉没後は通俗性がだんだん又ふくれ上がってゆくのですが、そうしたときに蕪村などが出て、芭蕉にかえれという運動を興す、それが又江戸も末期になってくると乱れ出して月並俳諧と呼ばれるようになってきます。そうしたのちに正岡子規が出て俳句革新運動を興し、それが虚子に引きつがれてきたわけですが、その間に新興俳句運動が起ります。その後も社会性俳句、前衛俳句など唱えられた時期もあり、近年は大体山本健吉氏のいわれた「挨拶と滑稽、即興」といったものが大きく影響し、又一部には俳諧性をもっと見直そうという人たちもあって、みながそれぞれ俳句というものは一体どういうものなのか、その本質を探ろうとして全体的に揺れ動いているわけです。私も俳句とは何だろうかと探りながら今日まで来ましたが、しかし結局作品というものは、人に何といわれようと自分はこうした傾向の句しか出来ないものだということが解ってきたように思うんです。もちろん自分の作品に批判をうけた場合は反省してみることが大切ですが、私はどうしてもこういう傾向の句しか出来ない、というときは、そこに私自身の人間が出ているんだともいえるんじゃないか。私は俳句とは何か、というより、今では私にとっての俳句とは何だろうとの問いかけが大事じゃないかと思うようになって来ているんです。

ところで私自身近頃反省していることなんですけれども、私はよくものを視るということを充分考えて来た積りですが、ほんとうに素朴に視ていたかというと、どうもそうはいえなかったと思います。ものに衣裳を着せて視ていることが多かったと思います。初歩の方が、かえってときどきいい句をつくられる、素朴に視ているからなんですね。ところがだんだん俳句が解るようになってくると、眼に垢がついてきて素朴に視ることが出来なくなり、俳句が下手になってくる。これは誰でもよくあることです。眼の垢をとるための苦労がそれから始まるんです。しかし素朴に視た句はすべていい句か、というとそうともいえない。素朴に視てもその眼が心の眼というか、あるいは内観の眼というか、そうしたものに無意識のうちにでも直結していないときは、平凡なつまらない句に終ってしまうのですね。

私は最近おもしろい言葉を発見したんです。これは山本健吉氏の書かれたものに出ていたと思うんですが、画家の岸田劉生さんが〈青い林檎〉を二つ画かれた、その裏にご自分で書きつけておられる、その言葉なんです。

この二つの林檎を見て
君は運命の姿を思はないか
此処に二つのものがあるといふ事
その姿を見つめてゐると
君は神秘を感じないか
（中略）
君は其処に丁度人のない海岸の砂原に
生れて間もない赤子が二人、黙つて静かに遊んでゐる姿を思はないか
その静かさ美しさを思はないか
この二つの赤子の運命を思はないか
（後略）

私はこれを始めて知ったんですけれど、非常にこの言葉は好きですね。画家がものに接するとき、ほんとうにその神秘な存在を感じて描くか、何も感じないでそこに並べた二つの林檎を描くか、その差は大きいですね。そういうことを考えるとき、すぐ思うのは茅舎です。私は近代の俳人の中で川端茅舎が非常に好きなんです。誰でもご存じと思いますが、こういう句がございますね。

白露に阿吽の旭さしにけり
金剛の露ひとつぶや石の上
蚯蚓鳴く六波羅密寺しんのやみ
ぜんまいののの字ばかりの寂光土
雪の中膏（あぶら）の如き泉かな

この〈露〉の句など特に有名ですが、この句の出来た時よりずっと後の、昭和十五年の「ホトトギス」に、「露の消息」という題の文章がのっているんです。これは露を観察して書いたものですが、驚いたことには、これは八月七日から二十四日までを日記風に書いてある、その始めの方はずっと毎日暁方に外へ出て露を観察して書いているんですけれども、この年立秋には全然露は下りていなかった、その後毎日露が下りはじめ、八月十五日は大露となったようで、そのときのことを非常に感激して次のように書いているんです。

明方大露、秋立つて初めて芭蕉に露の玉の行列が出来た。露曼陀羅の露が出来た。整然たる露の小佛の中に要処々々に露の大佛が交つて諸佛諸菩薩の位置を示し広葉のさゝへりを露の小流れが出来てポタリ〳〵と雫してゐる。美しい日が昇つて来て露の諸佛は光り輝き生きた大曼陀羅が一枚々々の広葉々々に描かれたのである。空は秋晴の瑠璃玻璃。芒も新草も光り輝き白芙蓉の白特別に眩しい。今朝は秋の烈日で露の消滅が早い。だが露の消滅した芭蕉も芒も日に透き通つてゐてみづみづしい。

とにかくこのように、毎日毎日暁方に外へ出て、露の状態を実によく観て書きつけているんです。そうした姿勢からこうした文章や露の名句が生まれてきたのです。〈白露に阿吽の旭〉とか〈金剛の露ひとつぶ〉、又文章の〈露曼陀羅〉〈露の小佛大佛〉とかいった言葉からは又、茅舎がこころに何を求めようとしているのか、その生き方までが伝わってくるようです。殊に露の句など常識的な感覚で読めば解らない句です。露と旭に阿吽の呼吸を感じ、ひとつぶの露に金剛を感じるなど、不思議の世界を直観する人でなければ出来ない句です。その直観する心の眼が肉眼と一つになっているんですね。俳句は視るものだといっておりますけれど、肉眼だけでは駄目なんですね。たとえば村越化石さんなど両眼とも視力を失っていらっしゃるけれど、いい句をつくられる。つまり〈視る〉ということに代表させていっておりますが、実は大事なのは五感なんです。眼耳鼻舌身の五感と直観の直結ですね。

茅舎の句には金剛だとか寂光土だとか他にもいろいろな仏教の言葉が出てくるので、当時、茅舎の句は仏教の句だと批判的な見方をする人も出て来たらしいんですが、虚子はそうじゃあないんだと、いわゆる仏教俳句というものではないんだといってるんです。茅舎の第二句集『華厳』の序に虚子は、「花鳥諷詠真骨頂漢」といっていますが、花鳥諷詠の行き尽くところはここなんだということを見抜いていたと思うんです。そういう点で虚子はやはり偉かったと思いますし、茅舎も大した人だったと思います。

仏教語の入っていない句、先ほどあげました中では「蚯蚓鳴く」の句や「雪の中」の句を見ましても、みな写生を超えていますね。「しんのやみ」も単に自然的現象である「やみ」じゃないんです。「雪の中」の句ではこの「膏の如き泉」にはびっくりしましたね。雪の中の泉なんて詠もうとすると、常識的には非常に透明な泉と思ってしまうんです。それを動物のあぶらである「膏」にたとえているんですね。こういう句に出会うと、私など生涯かかってもここまで行きつけないなあと思うんです。

私は最初入ったのが「馬酔木」で、つまりアンチ虚子の立場で勉強しましたから、そのせいもあったのでしょうが、虚子の句の良さがちっとも解らなかったし、又虚子のいう写生や花鳥諷詠という言葉についても理解出来ませんでした。しかしその後長く俳句をつづけているうちに少しずつ解って来ますと、虚子のいう「花鳥諷詠」という言葉は、これはゆるがせに出来ないものだということを、つくづく思うようになりました。虚子は初め主観写生を唱え、それから客観写生に移り、昭和二年に「花鳥諷詠」といいはじめて、それから亡くなるまでそれを通したのですが、その長い間にはその言葉のニュアンスというか、こころというか、それは少しずつ微妙に変化していったと思います。そして亡くなる少し前の昭和二十九年には〈明易や花鳥諷詠南無阿弥陀〉といった句をつくっているんですね。結局自然と人間の一体感、その果の大きな世界を虚子流にこうした句であらわしたのだと思いますけれど、自然を一番大切に考えていたのは、やはり虚子だったと思います。

皆さんご承知のように秋桜子は「『自然の真』と『文芸上の真』」という一文を掲げて「ホトトギス」を去りましたが、あの有名な一文の中に次のような個所があります。

> 元来自然の真ということ——たとえば何草の芽はどうなっているとかいうこと——は、科学に属することで、芸術の領域に入るものではない。（略）僕は「自然の真」というものは、文芸の上では、まだ掘り出されたままの鉱（あらがね）であると思う。（略）「文芸上の真」とは、鉱にすぎない「自然の真」が、芸術家の頭の熔鉱炉の中で溶解され、しかる後鍛錬され、加工されて、出来上がったものを指すのである。（略）僕の俳句修業は、まずこの鉱を採掘することから学びはじめた。これは写生ではない。ただものを見る修練である。「自然の真」を知る作業である。（略）かく一方において眼を訓練すると同時に、他方においては出来るかぎり多くの書を読み、文献を渉猟し、絵画彫刻を見学して、創作力、想像力を養うに努めた。

ここは非常に大事なところで、これによって賛否両論が出てくると思うんですが、私など俳句をはじめたのはまだ十代でしたから、こういう秋桜子の考え方に感動し、だから俳句の道に入る決心をしたわけです。しかしこの頃になって考えるのは、俳句というものはまるまる芸術といえるものとは一寸違うんじゃあないかと。ある人がいった言葉で「詩人は美を発見してゆくものであり、芸術家は美を創り上げてゆくものだ」というのがあるんですが、確かにそういうことがいえると思いますね。そこが詩人と芸術家の違いですね。特に短い俳句など、十七音といいますが、そのうち五音ぐらいは季語でとられてしまうんで、正味は十二音の言葉での勝負です。その十二音でどこまで芸術性が高められるか、というより俳句は純粋に芸術といいきれるものではないように思うんです。たとえば高野素十の〈甘草の芽のとび〳〵のひとならび〉とか〈もちの葉の落ちたる土にうらがへる〉の句など見ますと、確かに芸術性というものが有るといえるかどうかと思いますが、素十はそうした自然現象に、存在の不思議とでもいうものを感じたのではないかと思うんです。俳句のような短い詩は文芸の中でも殊に詞芸という要素は大切で、言葉の選び方や措辞によって、ぐっと良くもなるし悪くもなるんです。しかしそういう芸的な面を意識するだけにとどまってしまう、あるいは又、そういう面を大きく評価させるだけのものであっては困るんです。リズムの問題でも同じことがいえますね。俳句には調べ、リズムが大事だと思いますが、これは作者の感動したこころのリズムが自然に言葉にのって、言葉のリズムとなってくる。芭蕉は「俳諧は気に乗せてすべし」といっていますが、そのときに生まれる言葉のリズムが大事なのであって、意識してのリズムではないんです。俳句にも芸術性は大切なんですけれども、それに先立って何を如何に視たか、ということが大事なんです。そういう点で、先ほど申しました茅舎の句など、やはり凄いとおもいますね。あの句にも存在の不思議がありますね。〈露〉は自然現象だけれど、ああいう風に詠まれると、何か生きもののように感じられてきますね。存在の不思議を感じるということは、そのものに生のひらめきを感じとることだともいえると思いますね。こうした句になってくると、芸術とは又ちょっと違ったものだと思うんですが、しかしもう一歩突っこんで考えると、芸術の究極も又そこへ行き尽くのかも知れません。

最近私がこんなことを考えるようになったのは、やはり恩師山口草堂の影響を強く受けたせいだろうと思います。先生は生きる証しの俳句を唱導され、ものの生命を摑め、とよくいっておられました。それが今の私の考え方の源流にあると思うんですが、ものの存在の不思議、ということを考えずして俳句は語れないと思います。

先ほど水沼さんのお話にもありましたが、昨今は空前の俳句ブームで、驚くほどの俳句人口だと聞いております。その多くの人たちはその日その日を楽しむために、余りむつかしいことは考えないでつくって行きたい、と思っておられるでしょうが、それはそれで意義のあることですから結構だと思います。しかし俳句とは何かということを深く探って行きたいと考えている人も多く、それぞれに自分の目指す道を進んでおられますし、それは大切なことと思います。その中で私は今申しましたような存在の不思議、とでもいえるようなものを探って行きたい、これは俳句ばかりでなく、絵画や彫刻、といったものにでも同じようなことがいえるんじゃないでしょうか。ほんとうにすぐれた作品には、そんなものがあるんじゃないでしょうか。そういうことをこころに置いて俳句をつくっている人と、そうでない人と、上手下手は別として、作品に大きな違いが出てくるんじゃないかと思うんですね。

私は今こうして偉そうなことをいっておりますけれども、最近私自身そうしたものの視方が出来ないことが多いんです。結局視えてこない、無感動になってくるし、感受性も衰えてくる。こんなときやはり齢のせいかな、とつい考えてしまうんです。そういう風に考えてはいけないんですね。能村登四郎さんがおっしゃるように、〈齢甲斐のある俳句〉ということもあるんです。ただ私の場合、ものが視えてこなくなるということは一番つらいんです。私の句には俳諧味がないということもよくいわれるんですけれども、今の一番つらい時期を乗り越えれば、そういうものが出るのかも知れません。しかし今はまだ生真面目に〈存在の不思議〉を探ろうとしています。つらい、苦しいといいながら、結局そこに私の真剣な遊びがあるといえるように思っています。そしてそこに私の生きる証しがあるように思えるのです。

〈俳句に求めるもの〉というタイトルでの話は、結局私自身の求め方に終ったと思います。ご静聴ありがとうございました。

―「南風」平成三年九月号―

多度津・塩野邸の先生句碑

鷺谷家（楳茂都流）系図

（桑原和美作成）

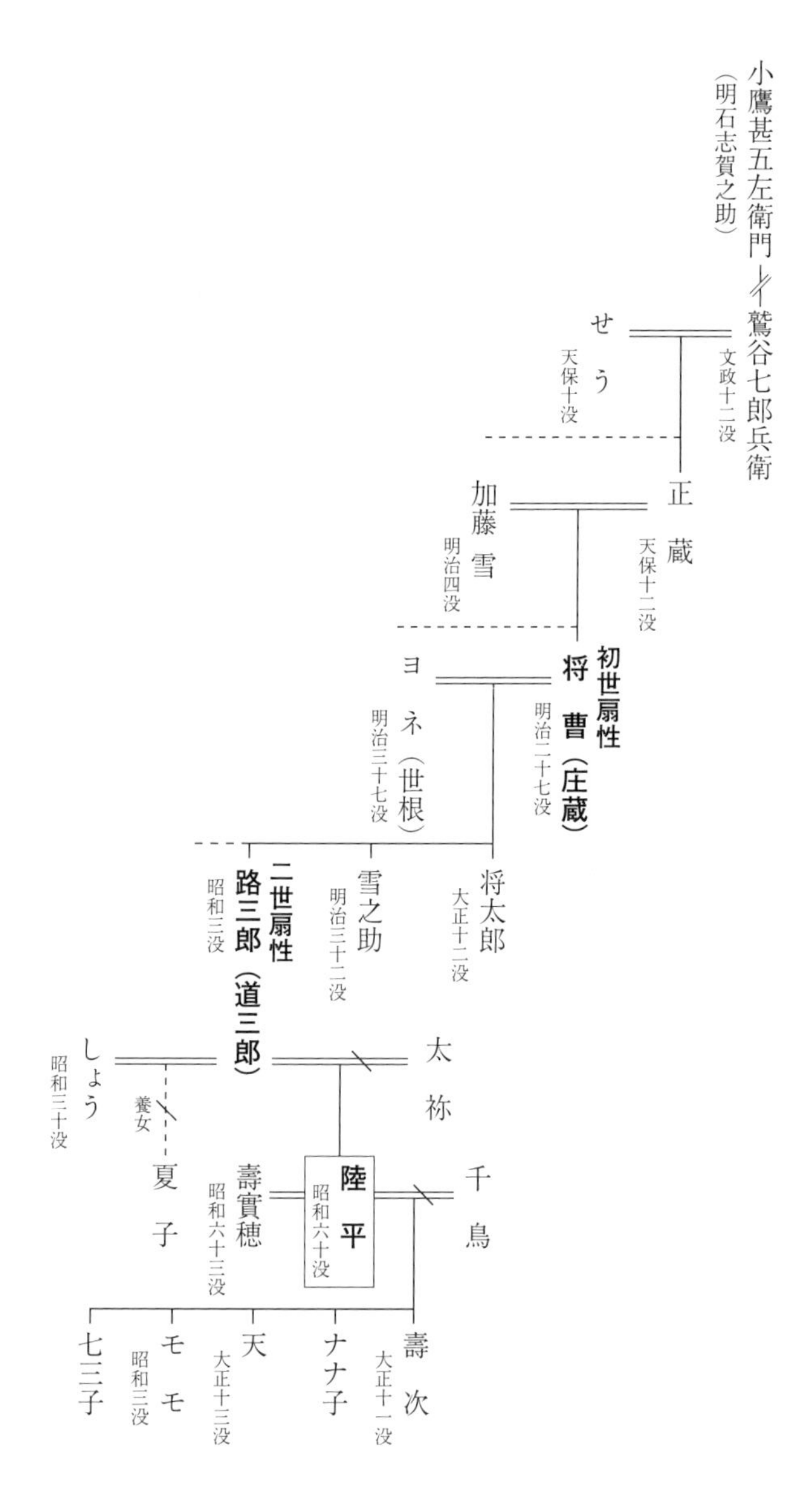

二代目楳茂都扇性

初代楳茂都扇性

鷲谷七菜子先生

楳茂都陸平（三代目家元）

二代目楳茂都扇性筆

神武天皇十六之御像

山姥図

楳茂都陸平筆　若侍図

（いずれも大阪歴史博物館所蔵）

著作一覧

句集

第一句集『黄炎』（南風俳句会事業部、昭和三十八年）
第二句集『銃身』（牧羊社、昭和四十四年）
第三句集『花寂び』（牧羊社、昭和五十二年）
第四句集『游影』（牧羊社、昭和五十八年）
第五句集『天鼓』（角川書店、平成三年）
第六句集『一盞』（花神社、平成十年）
第七句集『晨鐘』（本阿弥書店、平成十六年）

随筆集

『咲く花散る花』（牧羊社、昭和五十一年）
『古都残照』（牧羊社、昭和六十二年）
『櫟林の中で』（牧羊社、平成八年）
『遥映』（牧羊新社、平成十四年）
『四季燦燦』（文芸社、平成十六年）

作品集

テーマ別句集シリーズ『水韻』（ふらんす堂文庫、平成二年）
『鷲谷七菜子 自選三百句』（春陽堂俳句文庫、平成五年）
『鷲谷七菜子作品集』（本阿弥書店、平成五年）
『花神コレクション　鷲谷七菜子』（花神社、平成七年）
『銃身』（邑書林句集文庫、平成八年）
『季語別　鷲谷七菜子句集』（ふらんす堂、平成十四年）
『自解100句選　鷲谷七菜子集』（牧羊新社、平成十四年）
『鷲谷七菜子全句集』（角川書店、平成二十五年）

その他

共著『季題入門』（有斐閣新書、昭和五十三年）
共編『女流俳句の世界』（有斐閣選書、昭和五十四年）
『現代俳句入門』（文化出版局、昭和五十四年）
共著『現代の秀句』（有斐閣、昭和五十七年）
編著『現代俳人墨筆集　帚木』（東京四季出版、平成二年）
『昭和俳句文学アルバム32　山口草堂の世界』（梅里書房、平成二年）
共著『楳の世の人々』（吉備人出版、平成二十二年）

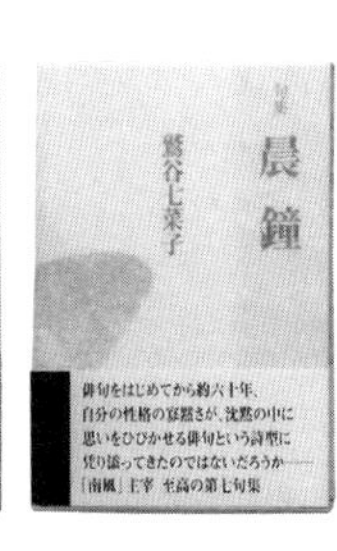

略年譜

西暦	和歴	事　項
1923	大正12	父鷲谷陸平・母千鳥（宝塚スター吉野雪子）の長女として大阪市東区（現中央区）博労町一丁目に生まれる 生後４ケ月で祖父母へ引き取られ育てられる 兄寿次大正 11 年没 弟天（たかし）大正 13 年没
1928	昭和3	祖父二代目扇性死去、一週間後妹桃子急死
1929	昭和4	大阪市立浪華尋常小学校入学
1935	昭和10	大阪府立夕陽丘高等女学校入学 俳句・文学に興味をもち、向学心に燃える この頃父・母離婚 身体虚弱の為自宅療養
1940	昭和15	大阪府立夕陽丘高等女学校卒業
1942	昭和17	前年太平洋戦争はじまる 「馬酔木」に投句をはじめる
1946	昭和21	家財を売り困窮を極める 山口草堂「南風」入会
1948	昭和23	俳句に一生を託することを決心
1951	昭和26	嵯峨野二尊院の境内で自殺未遂
1952	昭和27	法律事務所へ就職
1953	昭和28	「南風句会」へ出席、山口草堂の情熱に打たれ生涯の師と決意
1955	昭和30	祖母（しょう）死去 「南風」同人に
1957	昭和32	「馬酔木」同人となり、句作に専念 「南風」の編集発行事務所などを手伝う
1958	昭和33	水原秋桜子・石田波郷を訪う

西暦	和歴	事　項
1962	昭和37	「南風」婦人投句欄の選者 各俳句誌へ俳句の他、文章の執筆 肺結核により自宅療養
1963	昭和38	第１句集『黄炎』（南風俳句会事業部）刊行
1967	昭和42	「第８回南風賞」受賞（第２回・第５回の合同受賞）
1969	昭和44	大阪市を離れて、吹田市吉志部に居を移す 茶花道と句会による生活をはじめる 第２句集『銃身』（牧羊社）刊行
1970	昭和45	「ミセス」４月号に「生命のしずく」執筆
1976	昭和51	随筆集『咲く花散る花』（牧羊社）刊行 同随筆集により第24回エッセイストクラブ賞最終候補に この年より昭和61年まで「俳句とエッセイ」選者
1977	昭和52	第３句集『花寂び』（牧羊社）刊行
1978	昭和53	句集『花寂び』により第２回現代俳句女流賞受賞 共著『季題入門』（有斐閣）刊行
1979	昭和54	共著『女流俳句の世界』（有斐閣）刊行 『現代俳句入門』（文化出版局）刊行
1981	昭和56	栃木県俳句作家協会総会にて「内心の感」講演
1982	昭和57	ＮＨＫ大阪文化センター講師 子規記念博物館にて「女流俳句の特質」講演
1983	昭和58	第４句集『游影』（牧羊社）刊行
1984	昭和59	句集『游影』により第23回俳人協会賞受賞 「南風」主宰を継承
1985	昭和60	父陸平死去（春光院梅林浄雪陸平居士） 師・山口草堂死去（山楓院釋草堂）
1986	昭和61	「ミセス」俳苑選者 父の足跡を訪ねてウィーンへ旅行

西暦	和歴	事　項
1987	昭和62	俳壇賞（本阿弥書店）選考委員 梅田産経第一学園講師 菩提寺にて逆修法号得度を受ける （游影院妙花日寂信女） 大阪読売新聞本社にて「俳人、自作を語る」講演 名古屋朝日カルチャーセンター講演「わが俳句を語る」 随筆集『古都残照』（牧羊社）刊行
1988	昭和63	岡山県・島根県・福知山にて講演 俳人協会評議員、日本文藝家協会会員
1989	平成元	読売なんばＣＩＴＹ文化センターにて講演
1990	平成2	選句集『水韻』（ふらんす堂）刊行 脳梗塞および狭心症の為検査入院
1991	平成3	足利市民会館にて「俳句に求めるもの」講演 第５句集『天鼓』（角川書店）刊行
1992	平成4	ＮＨＫ神戸文化センター講師
1993	平成5	俳人協会名誉会員 句碑建立　栃木県宇都宮市一向寺 〈ほとけ恋ひゐて臘梅の一二りん〉 句碑建立　香川県多度津町塩野政博邸 〈遍路いまは通らぬみちの草に蝶〉 南風 60 周年 『鷲谷七菜子作品集』（本阿弥書店）刊行
1994	平成6	故楳茂都陸平（父）と自身のための墓を建立 句碑建立　滋賀県大津市　比叡山延暦寺大霊園 〈天空も水もまぼろし残り鴨〉 句碑建立　香川県多度津町塩野政博邸 〈向替へてまた水ひろし春の鳰〉
1995	平成7	『花神コレクション　鷲谷七菜子』（花神社）刊行

西暦	和歴	事　項
1996	平成8	随筆集『櫟林の中で』（牧羊社）刊行
1998	平成10	第6句集『一盞』（花神社）刊行 句碑建立（師弟合同句碑）大阪曾根崎お初天神 〈曾根崎やむかしの路地に月冴えて〉
2001	平成13	「大阪府知事表彰」を受ける
2002	平成14	随筆集『遥映』（牧羊新社）刊行
2003	平成15	南風70周年
2004	平成16	第7句集『晨鐘』（本阿弥書店）刊行 南風主宰をしりぞき南風名誉顧問 句碑建立　滋賀県湖南市（もみじ・あざみ寮） 〈向替へてまた水ひろし春の鴫〉 随筆集『四季燦燦』（文芸社）刊行
2005	平成17	句集『晨鐘』により第39回蛇笏賞受賞
2006	平成18	句碑建立　滋賀県野洲市（びわこ学園） 〈奔りやまぬ比叡の水の淑気かな〉 吹田市春日に転居
2007	平成19	断筆宣言
2010	平成22	鷲谷七菜子·塩野てるみ共著『楪の世の人々』（吉備人出版）刊行
2013	平成25	南風俳句会編『鷲谷七菜子全句集』（角川書店）刊行
2018	平成30	3月8日、逝去

おわりに　――虚空へ――

私が先生とお会いしたのは、夕方が多く、いつも私は彼方此方の美術館を巡ってから訪ねていました。若かった私は京都や奈良の美術館や博物館そして骨董屋へと走り廻っていました。

その日に見たパンフレットや図録から話がはじまり、どうしてその時代にこんなにすばらしい芸術品が誕生したのだろうかその背景について話が弾みました。古九谷・曜変天目茶碗・宋白磁・青磁そして近世日本画・仏像等、なかでも白鳳時代の仏像については、時を忘れていました。

話が盛り上り、奈良・京都・金沢へも足を延ばしました。古九谷の「桜花散文」、「曜変天目茶碗」等の前では動かず、北野恒富の「淀君」の説明や、蕪村展での「夜色楼台図」の山々を氷の塊のように見られたことなど核心を衝いた感想にたびたび驚かされました。

いつも先生は、食事をいただきながら、私の話に「うん、うん」と頷かれていましたが或る日急に箸をおかれて、私の話を聞きはじめたことがありました。

私の一方的な美術感想に耳を貸してくださることはとてもうれしく、そのたびごとに陶器や仏像の源流への思いが募り、美術史・日本史・アジア史への関心が深まりました。

岡山の就実大学で、東洋史・仏教美術史等の聴講生として学びはじめ、そのことを先生にお話しすると、好きなことに出合い、学びつづけることをとても喜んでくださいました。

私は大学で学ぶ楽しさをかみしめ、学問の奥深さに感じ入り、人生至福の時を過ごすことができました。

先生はその頃断筆をされてケアハウスで静かに過ごされていましたが、私との芸術談議を喜ばれました。私は知らないことが多くて、焦るばかりでしたが仏教東漸の歴史をゆっくりと辿り考えることで、アジア史が少しずつ見えてきました。

そして話がシルクロードにさしかかった頃、「もうわからなくなりましたよ」と先生はすまなそうに言われました。没する二年前でした。

先生亡きあと私は私なりに歴史、美術への探訪をつづけています。

今私の関心は讃岐に生まれた「空海」と「林良斎」にあります。空海の生まれた山河に少年時代の空海を重ねて考えはじめています。

林良斎（一八〇八〜一八五〇）は多度津藩一万石の家老であり陽明学者です。

十歳で家督をつぎ、十八歳で家老となり陣屋と武家屋敷を建てた総責任者でした。

二十七歳で家老職を退き、陽明学を学ぶ為に大坂へ大塩平八郎を訪ねるのです。平八郎は良斎の純一な向学心に期待することが大きく、その後多度津まで来ました。

良斎と連日相対して語り、平八郎は藩士たちに、万物一体の心が何人にもあると説き、みんなを感動させました。そして雄渾な筆致で「弗慮胡獲・弗為胡成」慮らずんば胡ぞ獲ん 為さずんば胡ぞ成らん、と一気に書き上げました。

その後すぐに良斎は四十日間大坂の平八郎の「洗心洞」で学ぶのです。平八郎が没する一年前です。晩年良斎は空海が幼児期に修行した四国霊場七十一番札所弥谷寺についての記録の中で「儒教も仏教もなんらかわらない」と記しています。

先生の御先祖鷲谷正蔵は大坂老松町で町塾を開いていました。学者、文人墨客が多く集まり、平八郎もそこに行っています。正蔵は平八郎と昵懇の間柄でしたから良斎は平八郎に連れられてそこへ行ったように思えるのです。

平八郎はやむにやまれずして乱を起こしたのですが、常に天下の英才を得てこれを教育することを楽しみとしていたのです。多くの漢詩ものこしています。王陽明の「致良知」の学を信じ、心が太虚に帰することを求め「太虚論」も書かれています。

太虚論とは、天地宇宙の太虚がものを生みだしてやまないはたらきによって、自然が循環し、人間も存在しているということを説いたもので、正蔵も良斎も太虚論に惹かれていたのではなかろうかと思います。

太虚論と空海の「虚空蔵求聞持法」はどこか似ているところがあるように思えます。「虚空が心になっているような大きさを持った俳句をめざし、天地の声を聴きとめたい」と考え、仏教のもっている宇宙観にも魅かれていました先生と、自然の呼吸に合わせて自らの生き方を冷静に見つめながら情熱を燃やしつづけた正蔵や平八郎や良斎そして空海が、少しつながっているようで、私は嬉しくなるのです。

牡丹散るはるかより闇来つつあり　『黄炎』
滝となる前のしづけさ藤映す　『銃身』
天空も水もまぼろし残り鴨　『花寂び』
みづうみのこまかきひかり佛生会　〃
ちがふ世の光がすべり芒原　『游影』
向替へてまた水ひろし春の鳰　〃
遍路いまは通らぬみちの草に蝶　『天鼓』
春雨といふ音のしてきたるかな　『晨鐘』
行く年の見まはしてみな水の景　〃
澄む水の中の天地にひたと逢ふ　『晨鐘』以後

一刻一刻と移ってゆく季節をとうとくとらえ、より大きな自然と一体化し、宇宙、もの、人間を見極めようとした求道的な「七菜子俳句」によって、私は虚空を遍歴させてもらっています。

鷲谷七菜子先生の著書を読み直して、私は今ふたたび先生に出会ったようです。

高度成長によって日本の大切なものがこわれてしまい、自然の中で育ってきた日本人の美意識は失われてしまいました。

若い人たちに伝えたいことはたくさんありますが、このささやかな『七菜子春秋』をそのひとつとして手渡していきたいと思っています。

「南風」の村上鞆彦主宰に序文をいただき、先輩のあたたかい励ましと、「文學の森」の皆様に終始適切な御指示をいただけましたことを、心から感謝して厚くお礼申し上げます。

塩野てるみ

編者略歴

塩野てるみ（しおの・てるみ）　本名　テルミ

昭和23年５月17日生

昭和54年　「南風」入会

昭和56年　四国俳壇年間賞受賞

平成２年　「南風」新人賞受賞

　　　　　「南風」同人

平成16年　第６回俳句界賞受賞

平成17年　句集『一滴』刊行

平成19年　「南風」退会

　　　　　「春野」入会

平成22年　『楪の世の人々』刊行（鷲谷七菜子先生との共著）

令和元年　「春野」同人

俳人協会会員

NPO法人「ひざし会」理事長、弘濱文庫代表

多度津町文化財保護協会監事

現 住 所　　〒764-0001　香川県仲多度郡多度津町東新町3-18

七菜子春秋(ななこしゅんじゅう)
——鷲谷七菜子作品集

発　行　令和三年八月十二日
著　者　鷲谷七菜子
編　者　塩野てるみ
発行者　姜　琪　東
発行所　株式会社　文學の森
〒一六九-〇〇七五
東京都新宿区高田馬場二-一-二　田島ビル八階
tel 03-5292-9188　fax 03-5292-9199
e-mail mori@bungak.com
ホームページ　http://www.bungak.com
印刷・製本　大村印刷株式会社

ISBN978-4-86438-890-0　C0095